风雅三千年

一诗一词一天下

任淡如 著

化学工业出版社

·北京·

图书在版编目(CIP)数据

风雅三千年：一诗一词一天下/任淡如著.—北京：
化学工业出版社，2021.7（2025.4重印）
ISBN 978-7-122-39194-0

Ⅰ.①风⋯ Ⅱ.①任⋯ Ⅲ.①古典诗歌-诗歌欣赏-中国 Ⅳ.①I207.2

中国版本图书馆CIP数据核字（2021）第099925号

责任编辑：王冬军 张丽丽 　　　　装帧设计：水玉银文化
责任校对：赵懿桐

出版发行：化学工业出版社（北京市东城区青年湖南街13号 邮政编码100011）
印　　装：天津裕同印刷有限公司
880mm×1230mm　1/32　印张　11　字数　238千字
2025年4月北京第1版第2次印刷

购书咨询：010-64518888　　　　　　　售后服务：010-64518899
网　　址：http://www.cip.com.cn
凡购买本书，如有缺损质量问题，本社销售中心负责调换。

定　价：68.00元　　　　　　　　　　　　　　版权所有　违者必究

谨以此书献给
三千年间,承载风雅的先贤和怀念风雅的你我

序

观测星空,立足点十分重要。同一方星天,在南半球与北半球之上不尽相同;从地球遥望,或从银河系外回看,也必将迥异。文学评论也是如此。

中国诗歌,自《诗经》以降,星辰璀璨,风流弥繁。浩如烟海的作品,普通读者多不能尽览,《风雅三千年:一诗一词一天下》则辟出一个独特的时空,以历史时间线为经、个体命运为纬,标注出每个时代、每位诗人的高光时刻。

由此,平面星图一变为立体和纵深,而群星的彼此辉映、相互参照,正是"树里闻歌,枝中见舞。恰对妆台,诸窗昼开。斜看已识,直唤便回"。读者仿佛在星座之间行走,可以从这全新的维度上,感受古时中国的灿烂星天。

《风雅三千年:一诗一词一天下》即是一部"诗词极简史",不仅素材撷取极严,而且措辞简练、惜墨如金。友人任淡如曾创建并主持"菊斋诗词论坛"二十余年,在诗词创作方面,有着多年的深厚积累。至今,她的"岂无一事可消磨,竟无一事堪沉醉",仍是这个圈子里流传不衰的佳句。

淡如的诗词浸润之深,使《风雅三千年:

一诗一词一天下》不仅选诗独到，语言也简净秀美。文中极简的笔墨，饱含着人天辽阔的生机，映衬着三千年的洪荒底色。如第二章"楚辞"起手："公元前六世纪，在北方，当周王的采诗官消失在古田陌深处的时候，而南方的古水泽间，楚王的子孙，正踏歌徐来。"

淡如的名字，出自《二十四诗品》中的"典雅"一节。落花无言，人淡如菊——不仅人如其名，也是文如其人，淡泊、大气、超然、冷静。岁月长河里，从不缺少披沙拣金之人。但这分超然与冷静，使她得以拥有历史之外、时间之上的视角。

我与淡如因共同的爱好而结缘。相识半生，虽然私交极少，素未谋面，却也有故人之感，也许是因为早已在这片星空下，在卫水之滨、楚水之湄相逢过了。

我为此书作序，不免有惴惴之感。淡如作为本书作者，虽虑周藻密，在写作中也仍难免疏漏与错讹。如今书将面世，望读者们在阅看之余多加指正，这也将是比当年论坛诸友更广大、更深厚的因缘。就如同我们漫步在时间的旷野里，于古老的阡陌与水泽间相遇，一同望见星辰闪耀的万古长空。

秦萤亮

贰 楚辞

饮一句离骚别愁,醉一世报国春秋

公元前六世纪,在北方,当周王的采诗官消失在古田陌深处的时候,而南方的古水泽间,楚王的子孙,正踏歌徐来。

伍 唐诗

32首巅峰唐诗,重温大唐盛世289年

从此这位『天上谪仙人』再没有停止过匆忙的脚步。一路走,一路写,一路结识各路人士,一路千金散尽还复来。

陆 五代词

19个人的盛世和乱世

大抵乱世总有一些别样风致。乱世的魏晋风度,教多少名士竞折腰,同样出自乱世的五代词,骨子里的那些古艳婉转,至今犹风姿楚楚。

目 录

壹 诗经

26首古诗，解锁3000年前的古老往事

中国周代的采诗官，每年春天，都会摇着木铎到民间采集歌谣。《诗经》就是采诗官像采花采草一样采来的。

叁 汉乐府

听，无名者的吟唱

他随口吟唱，把那些句子慷慨地抛撒在风中，撒在尘土里，唱完就忘了，他自己，也翩然消失在时光的荒野里。

肆 六朝诗

人生不满百，何怀千岁忧

《古诗十九首》是诗史上的千古谜题。没有人知道写这些诗的人是谁——能写出这样伟大作品的人，他不会无名，他不可能无名！

玖 元曲

天地间不见一个英雄

没有谁能逃过风波重重的人生,纵然是事事如意的人生赢家;也没有哪个王朝能逃过改朝换代的命运,纵然它曾流光溢彩、辉煌灿烂!

后记

柒 北宋词

所谓风流，就是这36个人的137年

多少年后，有许多人都会唱：白发渔樵江渚上，惯看秋月春风。一壶浊酒喜相逢。古今多少事，都付笑谈中。——我们在明代杨慎的这首词里，读到了北宋词人张昪的相似感受：多少六朝兴废事，尽入渔樵闲话。

捌 南宋词

这些慷慨长歌，送别王朝的最后152年

南宋最硬核的诗人，一个集英雄、猛将、才子、能臣、干吏诸种鲜明棱角于一身，"不恨古人吾不见，恨古人不见吾狂耳"的牛人，准备闪亮出场了。

壹

诗经

26首古诗，解锁3000年前的古老往事

中国周代的采诗官，每年春天，都会摇着木铎到民间采集歌谣。《诗经》就是采诗官像采花采草一样采来的。

中国周代的采诗官,每年春天,都会摇着木铎到民间采集歌谣。

《诗经》就是采诗官像采花采草一样采来的。

严肃的诗学研究者会板起脸来说,没有读过《诗经》的人,勿要跟我谈诗。

爱好花花草草的人会不由赞叹说,好美呀,原来那么早的古中国就有这么多美好的植物。

当然也有人什么也不说,而是默默地拿出笔,抄下"关关雎鸠"或者"执子之手",送给心爱的人。

据说,本来采诗官采来的诗有几千篇。

到孔子这时候,他就给删选成了305篇。

——而那些诗背后的往事,可是305天都说不完的。

咱们先聊个周的起源八卦。

周的祖先可是根正苗红的帝王后代。

据说，黄帝生玄嚣，玄嚣生蟜极，蟜极生帝喾，帝喾生四子——挚、弃、契和尧。挚和尧都先后当了大王。

但当王位传到玄嚣的弟弟昌意的后代手里时，他们便不往回传了，建了夏朝。

后来契的后代从夏朝手里把王位抢回来建了商朝。

再后来弃的后代又从商朝手里把王位抢回来建了周朝。

你看，热热闹闹打来打去的，五百年前是一家啊！

不过再亲的关系，五百年过去，无论如何也亲不起来了，所以周朝的先人曾经很委屈地从中原往偏僻山地一迁再迁。

据说弃生不窋，不窋生鞠，鞠生公刘。

从公刘开始，便有了周的传说。

公刘是个很厉害的带头大哥，带着周部落迁到豳（bīn）地（今陕西彬县、旬邑县一带）以后，周人渐渐从动荡的游牧部族变成以农耕为主的城邦居民。《豳风》说的就是这段往事，其中的《七月》更是一版巨细无遗的《周人日报》。

[七月]

七月流火，九月授衣。一之日觱（bì）发（bō），二之日栗烈。无衣无褐，何以卒岁？三之日于耜，四之日举趾。同我妇子，馌彼南亩，田畯至喜！

七月流火，九月授衣。春日载阳，有鸣仓庚。女执懿筐，遵彼微行，爰求柔桑。春日迟迟，采蘩祁祁。女心伤悲，殆及公子同归。

七月流火，八月萑苇。蚕月条桑，取彼斧斨（qiāng），以伐远扬，猗彼女桑。七月鸣鵙（jú），八月载绩。载玄载黄，我朱孔阳，为公子裳。

四月秀葽，五月鸣蜩。八月其获，十月陨萚（tuò）。一之日于貉，取彼狐狸，为公子裘。二之日其同，载缵武功，言私其豵（zōng），献豜（jiān）于公。

五月斯螽动股，六月莎鸡振羽，七月在野，八月在宇，九月在户，十月蟋蟀入我床下。穹窒熏鼠，塞向墐户。嗟我妇子，曰为改岁，入此室处。

六月食郁及薁（yù），七月烹葵及菽，八月剥枣，十月获稻，为此春酒，以介眉寿。七月食瓜，八月断壶，九月叔苴，采荼薪樗（chū），食我农夫。

九月筑场圃，十月纳禾稼。黍稷重穋（lù），禾麻菽麦。嗟我农夫，我稼既同，上入执宫功。昼尔于茅，宵尔索绹。亟其乘屋，其始播百谷。

二之日凿冰冲冲，三之日纳于凌阴。四之日其蚤，献羔祭韭。九月肃霜，十月涤场。朋酒斯飨，曰杀羔羊。跻彼公堂，称彼兕（sì）觥，万寿无疆！

——《诗经·国风·豳风·七月》

彼时，豳地周边常有西方戎狄的游牧民族出入。
周人虽已定居，并不安乐。

后来又过了漫长的九世。公刘生庆节，庆节生皇仆，皇仆生差弗，差弗生毁隃，毁隃生公非，公非生高圉，高圉生亚圉，亚圉生公叔祖类，公叔祖类生古公亶父——周的王者传奇，这时候才找到了正确的打开方式。

据说，古公亶父被狄人所逼，又一次从豳地搬了家。他率领妻子太姜、族人和亲随，渡过漆水和沮水，越过梁山，到达渭河流域岐山以南，才最终安顿下来。豳地的人听说古公亶父离开豳地到了岐山，竟全部追随而来。甚至有别的地方的人听说古公亶父仁慈贤明，也多来归附于他，于是，一支大部落在岐山周原成形了。

公元前1231年，古公亶父的小儿子季历继位。此前，季历的两个哥哥太伯和虞仲已经远远地避到了天边，好腾出位子来给季历。

季历，就是周文王姬昌的父亲。

姬昌的母亲、季历的妻子叫太任，是商朝贵族挚任氏的二女儿。据说，《桃夭》就是赞美太任的。

[桃夭]

桃之夭夭，灼灼其华。之子于归，宜其室家。
桃之夭夭，有蕡其实。之子于归，宜其家室。
桃之夭夭，其叶蓁蓁。之子于归，宜其家人。

——《诗经·国风·周南·桃夭》

太任出名的幽静贞美。在怀姬昌的时候，非礼勿视，非礼勿听，非礼勿言，小心翼翼地生下了姬昌——后来推翻殷商天下的周文王。

太任，和她的婆婆太姜、儿媳太姒合称"三太"，"太太"的称呼就是从这里来的——先生们都希望自己的太太，像"三太"那么美貌、高贵又温柔。

姬昌娶了太姒。太姒是夏禹后代有莘国的女子，有莘国以盛产美女和贤士出名——后来姬昌被纣王扣留在羑里的时候，他的大臣散宜生送重礼给纣王疏通，其中就有有莘氏的美女，纣王很满意，说："仅此（有莘美女）就很有诚意了！"

太姒应该是很美的吧。据说姬昌对她一见钟情，《关雎》就是为他们婚姻点赞的颂歌。

[关雎]

关关雎鸠，在河之洲。窈窕淑女，君子好逑。
参差荇菜，左右流之。窈窕淑女，寤寐求之。
求之不得，寤寐思服。悠哉悠哉，辗转反侧。
参差荇菜，左右采之。窈窕淑女，琴瑟友之。
参差荇菜，左右芼之。窈窕淑女，钟鼓乐之。

——《诗经·国风·周南·关雎》

朱熹在他的《诗集传》里说：《关雎》里的"河"指黄河，"淑女"指太姒,"君子"指周文王。

儒家文献里又说,有男女,才有夫妇,有夫妇才有父子,有父子才有君臣。社会关系始于夫妇的结合——没有这"1+1",生不出后面的10000种关系来。

这或者就是《关雎》被放在《诗经》头一篇的原因吧。

当然,不是所有的"1+1"都能被后世记住的,毕竟,不是所有的"1"都是姬昌啊!

公元前1056年,姬昌对内称王。
公元前1055年,姬昌出兵伐犬戎。
公元前1054年,姬昌出兵伐密须。
公元前1053年,姬昌出兵伐黎。
公元前1052年,姬昌出兵伐邘(yú)。
公元前1051年,姬昌出兵伐崇。
至此,姬昌明里暗里切断了商朝同西部属国的几乎所有联系。同时,他又把都城搬到丰地,使都城不易受戎狄的侵扰并有利于向东进兵。

可惜,就在姬昌做完热身动作,准备进行一番大事业的时候,他竟然去世了。
那是在大约公元前1050年的时候。

他的儿子姬发(周武王)立刻接过接力棒。

姬发即位后,任命太公望为太师,周公旦做宰辅,拥有最强辅助的武王继承文王事业,不断壮大势力,为灭商积极准备着。

公元前1046年,姬发联合庸、蜀、羌、髳(máo)、微、卢、彭、濮等部族组成联军,进攻商朝国都朝歌,商军大败,纣王自焚于鹿台。

五百年的商朝黯然退场。
八百年的周朝风光登台。

伐商耗费了两代国王太多的心神,姬发也没有能撑太久。三年后,姬发去世,他那忠诚的四弟周公旦领着他的幼子姬诵(周成王)走上成康之治的大道。

据说,周公旦摄政六年后,把王权还给了周成王。又三年后,周公旦因重病去世于丰地,并被葬在周文王的墓地毕原。

据说,周公旦去世后,曾受他提拔恩遇的殷商旧臣马不停蹄地从京都洛阳赶去送他最后一程,那就是《卷耳》的来由。

[卷耳]

采采卷耳,不盈顷筐。嗟我怀人,寘(zhì)彼周行。
陟(zhì)彼崔嵬,我马虺(huī)隤(tuí)。我姑酌彼金罍(léi),维以不永怀。
陟彼高冈,我马玄黄。我姑酌彼兕觥,维以不永伤。

> 陟彼砠矣，我马瘏矣，我仆痡矣，云何吁矣。

——《诗经·国风·周南·卷耳》

那人，他带着仆从日夜赶路。
他穿越连绵起伏的高地。
他举起酒杯，焦虑地满饮。

后人考证，这个打马急奔的人，正是从东往西，从洛阳越过豫西山区，过义马、渑池，翻越崤山，过三门峡、灵宝，赶往周南丰地。彼时，周朝已颁布禁酒令，只对殷商旧臣网开一面……

他是谁？

他应该是殷商的某个贵族旧臣吧，只有殷商旧臣，才有如此身份，才有如此待遇，才对周公的重用怀有如此深沉的感念！

时光飞快地过去了两百年。

如同一个人渐渐会变老，周朝也渐渐显出衰颓的样子了，而周边的戎狄却逐渐兴盛，大着胆子不断来撩拨。特别是猃狁（xiǎn yǔn，即秦汉时的匈奴），远古时曾遭黄帝驱逐，殷商之时也只敢远远地游牧于猃、岐一带，如今却仗着身强力壮，不断来欺负显出老态的周朝。漫长的岁月里，周人与戎狄之间的战争，竟是败多胜少。

[采薇]

采薇采薇,薇亦作止。曰归曰归,岁亦莫止。靡室靡家,猃狁之故。不遑启居,猃狁之故。

采薇采薇,薇亦柔止。曰归曰归,心亦忧止。忧心烈烈,载饥载渴。我戍未定,靡使归聘。

采薇采薇,薇亦刚止。曰归曰归,岁亦阳止。王事靡盬(gǔ),不遑启处。忧心孔疚,我行不来!

彼尔维何,维常之华。彼路斯何,君子之车。戎车既驾,四牡业业。岂敢定居,一月三捷。

驾彼四牡,四牡骙骙。君子所依,小人所腓(bì)。四牡翼翼,象弭鱼服。岂不日戒,猃狁孔棘。

昔我往矣,杨柳依依。今我来思,雨雪霏霏。行道迟迟,载渴载饥。我心伤悲,莫知我哀!

——《诗经·小雅·鹿鸣之什·采薇》

公元前823年,猃狁进攻到泾水北岸,周宣王的太师尹吉甫率军反攻。这一仗,尹吉甫胜了。

但记载这旧事的《采薇》却没有表露出狂喜,仍是那么忧伤。

尹吉甫,据说就是采写《诗经》的人。

但他究竟在何处采集并编纂了《诗经》中的作品,仍是历史研究中的一处空白。

公元前777年,已被尊称为"皇父"的尹吉甫黯然离开度过了大半生的镐京,迁移到向国。

同年,周幽王之子、太子宜臼逃出镐京,投奔母族申国。

这样的结果,其实在多年前已经隐隐埋下种子。

当王权被贵族和外戚们蚕食,臣凌君的阴影已在周幽王姬宫涅的心中扩散成一滩血泊。

直到褒姒入宫为他诞下王子伯服,周幽王彻底下定决心:驱逐前朝贵族,换上自己信任的虢石父和郑伯友(后来的郑桓公),废了有戎族血统的王后申氏与太子宜臼,将来自古老褒国的褒姒和伯服立为新的王后、太子。

公元前774年,周幽王正式立伯服为太子,沉默已久的申侯开始联合缯国(鄫国)和西夷犬戎,结成军事同盟。

公元前772年,周幽王逼迫申侯交出废太子宜臼,战事如同火药桶一触即发,申国、缯国、西戎的联军攻陷镐京,袭杀周幽王、郑伯友和太子伯服。

西周亡了,亡得如此猝不及防!

而后,废太子宜臼被申、缯、许等各国诸侯拥立为周平王,继续周朝的统绪。

公元前770年,踹翻了前王朝的周平王在秦国军队的护送下,重起锅灶,将整个王朝从镐京东迁到洛邑,史称东周。

从此,旧都镐京成了惆怅地,每当西周旧臣行经镐京,便忍不住发出叹息,遂有《黍离》之章。

[黍离]

彼黍离离,彼稷之苗。行迈靡靡,中心摇摇。知我者,谓我心忧;不知我者,谓我何求。悠悠苍天!此何人哉?

彼黍离离,彼稷之穗。行迈靡靡,中心如醉。知我者,谓我心忧;不知我者,谓我何求。悠悠苍天!此何人哉?

彼黍离离,彼稷之实。行迈靡靡,中心如噎。知我者,谓我心忧;不知我者,谓我何求。悠悠苍天!此何人哉?

——《诗经·国风·王风·黍离》

同时,欠了一屁股人情债的周平王不得不开始还债了。

他从东周军队里抽出一部分人到申国的战略要地屯垦驻守——因为楚国人常常会跑过来"问好"。东周士兵们不得不远离故乡,跑去守别国的国土——他们心里的怨愤,可想而知。

[扬之水]

扬之水,不流束薪。彼其之子,不与我戍申。怀哉怀哉,曷(hé)月予还归哉!

扬之水,不流束楚。彼其之子,不与我戍甫。怀哉怀哉,曷月予还归哉!

扬之水,不流束蒲。彼其之子,不与我戍许。怀哉怀哉,曷月予还归哉!

——《诗经·国风·王风·扬之水》

"什么时候能回家?"
"什么时候能回家?"
"什么时候能回家啊?"
……
遥遥无期!

据说周平王并没有派士兵去戍守甫、许两国,但士兵不管——申国、甫国和许国的国君,都是姜姓,反正,回不了家都是王太后娘家的人害的……

都是当兵的,比起戍申的周兵,秦兵可是有不一样的觉悟。

为了帮助西周的对戎战争,他们受秦襄公的派遣,不远千里,来到镐京。

有了这股远援精神作底气,他们迎风唱起了嘹亮的战歌。

[无衣]

岂曰无衣?与子同袍。王于兴师,修我戈矛。与子同仇!
岂曰无衣?与子同泽。王于兴师,修我矛戟。与子偕作!
岂曰无衣?与子同裳。王于兴师,修我甲兵。与子偕行!

——《诗经·国风·秦风·无衣》

这大概是最早的战歌了。

西周亡前,秦兵唱着这歌赶来和犬戎厮打;西周亡后,又鞍前马后保护周平王搬家。

秦人彪悍,秦风半数以上都充满着豪放的尚武精神,尤以这首为最。

《诗经》305篇里,几乎再没有同样豪气干云的辞章——秦王最后能夺有天下,大概也与秦人这种骨子里的硬汉气概不无关系。

秦人的付出得到了回报。

东迁后,秦国受封成为诸侯国,周平王把原属周的、岐山以西的土地赐予秦襄公。

雄心勃勃的新诸侯踏上了旧朝的土地,用他的武力思想一股脑覆盖曾经周朝的礼仪制度和文明制度。旧朝臣民的反抗如愿而来。

传播《诗经》的毛亨、毛苌父子,记录下了这件事情:"《蒹葭》,刺襄公也。"

[蒹葭]

蒹葭苍苍,白露为霜。所谓伊人,在水一方。溯洄从之,道阻且长。溯游从之,宛在水中央。

蒹葭萋萋,白露未晞。所谓伊人,在水之湄。溯洄从之,道阻且跻。溯游从之,宛在水中坻(chí)。

蒹葭采采，白露未已。所谓伊人，在水之涘。溯洄从之，道阻且右。溯游从之，宛在水中沚。

——《诗经·国风·秦风·蒹葭》

后人深挖细节，说《蒹葭》是前代遗民们对反抗未遂的隐士冯夷的怀念。

《搜神记》说："冯夷，华阴潼乡堤首人也。以八月上庚日渡河，溺死。"八月，那差不多正是白露时节。

当新崛起的秦国在水边"溯洄从之"、苦恼不得法的时候，另一个新崛起的诸侯国，却在水边两情相悦地"赠之以勺药"。

那是郑国。

[溱（zhēn）洧（wěi）]

溱与洧，方涣涣兮。
士与女，方秉蕳（jiān）兮。
女曰观乎？士曰既且，且往观乎？
洧之外，洵訏（xū）且乐。
维士与女，伊其相谑，赠之以勺药。
溱与洧，浏其清矣。
士与女，殷其盈矣。
女曰观乎？士曰既且，且往观乎？
洧之外，洵訏且乐。

> 维士与女,伊其将谑,赠之以勺药。
>
> ——《诗经·国风·郑风·溱洧》

早在镐京之战中丧生的郑伯友留下了一个儿子掘突,也是周幽王的堂弟。郑伯友无后,郑国人拥立掘突继任,便是郑武公。

郑国,和秦国一样,在镐京之乱后,奋勇崛起了。

郑国的都城郑(今新郑)与东周的首都洛阳紧紧相连,郑国国君和周王室的关系也像这都邑一样紧紧相连,富饶丰沃的国土、励精图治的君王,以及精明能干的郑商,给了郑人安居的乐土。他们在溱水、洧水边自由相聚,且歌且舞,率真而热烈。

我们所熟悉的非常美的《诗经》中的句子,很多就来自郑风。

[子衿]

> 青青子衿,悠悠我心。纵我不往,子宁不嗣音?
> 青青子佩,悠悠我思。纵我不往,子宁不来?
> 挑兮达兮,在城阙兮。一日不见,如三月兮。
>
> ——《诗经·国风·郑风·子衿》

[野有蔓草]

野有蔓草，零露漙（tuán）兮。有美一人，清扬婉兮。邂逅相遇，适我愿兮。
野有蔓草，零露瀼瀼。有美一人，婉如清扬。邂逅相遇，与子偕臧。

——《诗经·国风·郑风·野有蔓草》

[风雨]

风雨凄凄，鸡鸣喈喈。既见君子，云胡不夷？
风雨潇潇，鸡鸣胶胶。既见君子，云胡不瘳（chōu）？
风雨如晦，鸡鸣不已。既见君子，云胡不喜？

——《诗经·国风·郑风·风雨》

大概因为写得美，所以郑风收录得最多，《诗经》有十五国风，郑国就有二十一篇。

但，若把邶风、鄘风和卫风算在一起（朱熹语：其诗皆为卫事），郑国又比不了卫国了，卫国有三十九篇呢。

算起来，卫是古早而尊贵的老诸侯国了。

虽然郑卫的国君都是周王室的子孙，但是段位可是差了很多的——郑的开国国君是周厉王的少子王子友（就是郑伯友），卫的开国国君是周文王的嫡九子康叔封，这周文王和周厉王之间，可是整整隔了八代。

周王十三世周平王把整个周朝搬到洛阳去的时候，卫王十一世卫武公也跟在后面一路拾掇，所以，他也拥立新君有功。那时候，卫武公已经八十二岁了。

据说这位武公的风度文雅、心胸旷达、言谈风趣，迷倒一片卫国子民。卫人专门出了个"国君宣传片"——《嫁人就要嫁武公这样的人》，那就是卫风里的《淇奥》。

[淇奥]

瞻彼淇奥，绿竹猗猗。有匪君子，如切如磋，如琢如磨。瑟兮僩（xiàn）兮，赫兮咺兮。有匪君子，终不可谖（xuān）兮！
瞻彼淇奥，绿竹青青。有匪君子，充耳琇莹，会弁如星。瑟兮僩兮，赫兮咺兮。有匪君子，终不可谖兮！
瞻彼淇奥，绿竹如箦。有匪君子，如金如锡，如圭如璧。宽兮绰兮，猗重较兮。善戏谑兮，不为虐兮！

——《诗经·国风·卫风·淇奥》

公元前758年，卫武公卒，其子姬扬继位，是为卫庄公。

——看官们，隐藏在《诗经》里的、牵连卫鲁齐郑诸国、纵横三生三世的一连串大戏马上就要开演了！那些影影绰绰的八卦，多得让人眼花缭乱。

公元前753年，卫庄公迎娶齐庄公的女儿、齐国公主庄姜为夫人。

庄姜，是个绝世的美人。

［硕人］

硕人其颀，衣锦褧（jiǒng）衣。
齐侯之子，卫侯之妻，东宫之妹，邢侯之姨，谭公维私。
手如柔荑，肤如凝脂，领如蝤蛴，齿如瓠犀，螓首蛾眉，巧笑倩兮，美目盼兮。
硕人敖敖，说于农郊。
四牡有骄，朱幩镳（biāo）镳，翟茀以朝。
大夫夙退，无使君劳。
河水洋洋，北流活活。
施罛（gū）濊（huò）濊，鱣（zhān）鲔（wěi）发发，葭菼揭揭。
庶姜孽孽，庶士有朅（qiè）。

——《诗经·国风·卫风·硕人》

据说，卫人倾城而来，争相一睹她的风采。

二千七百年了，庄姜的美，仍然是普世标准：手如柔荑、肤如凝脂、巧笑倩兮、美目盼兮，又修长又苗条，又优雅又高贵。

她是齐侯的公主，卫侯的新娘，齐太子是她哥哥，邢侯和谭公是她姐夫。

她是女神。

女神，常常成了祸水，无论是主动背锅的，或是被动背锅的。

然而庄姜不是。

在卫人的记忆里，她温良贤淑，她才华横溢——据朱熹说，她是中国有记录以来的第一位女诗人，《诗经》里的《燕燕》《终风》《柏舟》《绿衣》和《日月》都是她一个人写的。

然而这样的庄姜，竟一生没有得到爱。

《毛诗序》里说："庄姜贤而不答。"

贤而不答的庄姜，想必是只能在每个孤寂的夜里，默默写下《柏舟》这样的诗篇来排遣忧闷。

〔柏舟〕

泛彼柏舟，亦泛其流。耿耿不寐，如有隐忧。微我无酒，以敖以游。

我心匪鉴，不可以茹。亦有兄弟，不可以据。薄言往愬，逢彼之怒。

我心匪石，不可转也。我心匪席，不可卷也。威仪棣棣，不可选也。

忧心悄悄，愠于群小。觏（gòu）闵既多，受侮不少。静言思之，寤辟有摽。

日居月诸，胡迭而微？心之忧矣，如匪浣衣。静言思之，不能奋飞。

——《诗经·国风·邶风[①]·柏舟》

庄姜亦无子。

不过卫庄公不缺儿子。

厉妫生过一个儿子，早夭；戴妫生下公子完，然后自己死了；庄公宠爱的另一个妾也生下一个儿子，叫州吁。

这州吁是个惹祸精，仗着父亲的宠爱，骄横跋扈，无法无天。卫庄公还在世的时候，就没有谁管的了他。

公元前735年，卫庄公去世，公子完继位，是为卫桓公，开始教训弟弟州吁，免了他的职务。不久，恼怒的州吁一走了之，跑了。

公元前722年，郑国国君郑庄公的弟弟共叔段阴谋夺位失败，也逃出了郑国。

两个逃亡在外的公子交上了朋友。

[①] 经前人考定，邶风、鄘风、卫风都是写卫国的诗。《左传·襄公二十九年》记载吴公子季札听了鲁国的乐队歌唱了"邶、鄘、卫"以后，评论时便将此三诗统称为"邶风"。——作者注

插播个八卦,据说共叔段英俊能干,逃亡以前,倾倒于他的郑人大有人在,诗经里的《叔于田》据说就是共叔粉的狂热宣言。

[叔于田]

叔于田,巷无居人。岂无居人?不如叔也。洵美且仁!
叔于狩,巷无饮酒。岂无饮酒?不如叔也。洵美且好!
叔适野,巷无服马。岂无服马?不如叔也。洵美且武!

——《诗经·国风·郑风·叔于田》

公元前719年。卫国乱了。

州吁聚集从卫国逃走的流民,杀掉哥哥卫桓公,自立为君(史称卫前废公),勇夺"春秋首位弑君篡位的恶公子"称号。然后,他召集宋、陈、蔡三国,去替共叔段打郑国了。

可惜州吁面对的,是从来没有打过败仗的春秋第一霸郑庄公。

联军围攻郑国五天后撤军。

但是!这年秋天,不长记性的州吁又死皮赖脸拉着联军去打郑国了……

《毛诗序》里因此说:疲于奔命的卫人简直恨死州吁了——那就是很少被后人提到的《击鼓》篇。

这也是"死生契阔,与子成说,执子之手,与子偕老"的出处。

〔击鼓〕

击鼓其镗,踊跃用兵。
土国城漕,我独南行。
从孙子仲,平陈与宋。
不我以归,忧心有忡。
爰居爰处?爰丧其马?
于以求之?于林之下。
死生契阔,与子成说,
执子之手,与子偕老。
于嗟阔兮,不我活兮。
于嗟洵兮,不我信兮。

——《诗经·国风·邶风·击鼓》

这一次州吁仍然没有占到便宜。不久,无法忍受这个惹祸精的卫国臣民们开始私下里采取行动了,大臣石碏联合陈国国君密谋杀死州吁,于是,州吁一命呜呼,石碏从邢国迎回卫桓公的弟弟——公子晋。

公元前718年,公子晋继位,是为卫宣公。

这时候,距离庄姜和卫庄公大婚,已经过去了整整三十五年。

卫宣公代替了卫庄公,齐僖公代替了齐庄公。

但那些如花似玉的美人,却年复一年、周而复始地被困在无望的命运里!

又一个齐国公主嫁到卫国了,这就是宣姜。

算起来,宣姜是庄姜的侄女,这姑侄二人,一样的才貌双全,也一样的坎坷多难。

据说,宣姜本来该是嫁给宣公的儿子急子(太子伋)的,但后来却嫁给了宣公。之后宣姜生了两位公子,公子寿和公子朔。

一出荒唐的悲剧在三个公子之间发生了:朔害死了寿和急子,然后继位,然后被复仇者打倒,然后又卷土重来……

卫人传唱着《二子乘舟》,让这个忧伤的故事永留后世:

〔二子乘舟〕

二子乘舟,汎汎其景。
愿言思子,中心养养!
二子乘舟,汎汎其逝。
愿言思子,不瑕有害?

——《诗经·国风·邶风·二子乘舟》

故事里说:

急子原本是太子，宣公被公子朔与夫人宣姜挑拨得昏了头，安排杀手设计暗杀急子，好让宣姜的长子寿上位。和急子手足情深的寿得知之后，便灌醉急子，自称是太子，被杀手截杀。酒醒以后的急子发现弟弟无辜受死，大哭："被杀的应该是我啊！"于是杀手又杀了他……

宣公连丧两子，不久病逝。公子朔渔翁得利，如愿即位，是为卫惠公。却在即位不久遭到太子党反杀，被赶出卫国。

但这惠公实在是个厉害角色，十年后，他竟然带着齐国的军队又杀回来了，于是再次上台。

而他的母亲宣姜的命运，奇妙地再次被改写。这时齐国在位的国君是齐襄公——宣姜的哥哥，齐襄公为了保护妹妹，强迫卫宣公的庶子、急子的弟弟公子顽娶宣姜为妻。

后来，宣姜又生了五个子女：齐子、卫戴公、卫文公、宋桓夫人、许穆夫人——柔弱的宣姜竟有如此强大的气场：父亲是国君，哥哥是国君，丈夫是国君，三个儿子是国君，两个女婿是国君……她这一家的故事没完呢，以后宋桓夫人、许穆夫人还得陆续上场，现在，不如先说说她的妹妹。

宣姜有个美貌的妹妹，比宣姜和姑姑庄姜还要厉害，她叫文姜。

公元前709年，鲁桓公姬允到齐国迎娶齐襄公的妹妹文姜为夫人。

文姜比她的姑姑和姐姐都更有才华。因为她的才华，后世人不曾随着她夫君的称谓称她为桓姜，而独称她"文"姜——有才华的姜姓女子。

迎亲路上的鲁桓公想必春风得意吧！文姜又美又有才，齐国又是首屈一指的强国。

但据说，文姜并不喜欢鲁桓公，她的意中人，是郑国的太子姬忽。

据说，率真热情的郑国人也曾经努力撺掇他们的太子与文姜配成一对：

〔有女同车〕

有女同车，颜如舜华，
将翱将翔，佩玉琼琚。
彼美孟姜，洵美且都。
有女同行，颜如舜英，
将翱将翔，佩玉将将。
彼美孟姜，德音不忘。

——《诗经·国风·郑风·有女同车》

舜华和舜英都是指木槿花，朝开而暮落，娇艳无比，那是郑国的国花。

可惜，公子忽不知道什么原因，一拒再拒，总是不肯与文姜签婚约。

他公开的理由是:"齐大非偶。我配不上她。"

据说,公子忽后来娶了陈国的女子为妻。
据说,文姜怀着失落又懊丧的心情,写下《山有扶苏》:

[山有扶苏]

山有扶苏,隰(xí)有荷华。不见子都,乃见狂且。
山有乔松,隰有游龙,不见子充,乃见狡童。

——《诗经·国风·郑风·山有扶苏》

"我爱的人儿,他不爱我。爱我的人儿,我不爱他。"
是否这样的旧事让文姜的一生变得不可捉摸?
如我们后来知道的,在千年的历史里,文姜被嘲讽、被耻笑,她妖冶的名声是所有良家女子的禁忌。

文姜的失落,终究和庄姜不一样。庄姜一生抑郁而终,而文姜,在鲁桓公因她而死之后,还常常去和齐襄公相会,又在齐襄公死、鲁庄公继位以后,遥遥地把持着鲁国的政事。她有文字之才,且有治国之能。

公元前 673 年;文姜去世。

围绕着齐国美女的故事终于到了尾声,但,余波未了。
别忘记了,宣姜还有两个女儿许穆夫人与宋桓夫人呢。

她们很快将登上历史舞台。

公元前661年,赤狄潞子国破黎国,黎庄公被逐,逃到卫国(黎庄夫人是卫懿公的女儿)。卫懿公拨了两个城邑给他,似乎就是"中露"和"泥中"。

这两个城邑的名字妙得很,这时候的卫国,也如露如泥,自身难保(卫懿公就是亡国史上那个有名的爱鹤之君)。

于是,有了《式微》。黎侯寄居险地,臣子(也有说是黎庄夫人)劝他不如归去:

[式微]

式微,式微!胡不归?微君之故,胡为乎中露!
式微,式微!胡不归?微君之躬,胡为乎泥中!

——《诗经·国风·邶风·式微》

公元前660年,赤狄破卫。卫懿公去世,宋国国君宋桓公和夫人宋桓夫人在黄河边上迎接公子申和逃出的卫人。彼时,卫人渡河逃生到漕邑的,不足5000人。

宋国扶持公子申即位为卫戴公,戴公领着卫人在漕邑(即曹,在今滑县东28里)艰难落脚。一个月后,卫戴公去世,宋国又将公子燬接回,立为卫文公。

宋桓夫人和许穆夫人都是公子申与公子燬的妹妹。

许穆夫人也求穆公出兵救助娘家卫国，但许穆公不敢出兵。许穆夫人又气又恨，在卫戴公去世后，亲自快马加鞭赶赴漕邑。

于是，便有了《载驰》。

[载驰]

载驰载驱，归唁卫侯。驱马悠悠，言至于漕。大夫跋涉，我心则忧。
既不我嘉，不能旋反。视尔不臧，我思不远。
既不我嘉，不能旋济？视尔不臧，我思不閟（bì）。
陟彼阿丘，言采其蝱（méng）。女子善怀，亦各有行。许人尤之，众稺（zhì）且狂。
我行其野，芃芃其麦。控于大邦，谁因谁极？大夫君子，无我有尤。百尔所思，不如我所之。

——《诗经·国风·墉风·载驰》

同时，许穆夫人还向母亲的娘家齐国求援。当时齐国的国君已经是齐桓公姜小白。齐桓公倾力相助，遣公子无亏率战车三百、甲士三千往驰救援，收复失地。两年后，卫文公在楚丘重建都城，恢复了在诸侯国中的地位，就这样，卫国又延续了四百多年。

据说卫人因此对齐桓公和许穆夫人十分感激，于是作歌曰："投我以木瓜，报之以琼琚。"

[木瓜]

投我以木瓜,报之以琼琚。匪报也,永以为好也!
投我以木桃,报之以琼瑶。匪报也,永以为好也!
投我以木李,报之以琼玖。匪报也,永以为好也!

——《诗经·国风·卫风·木瓜》

据说许穆夫人年轻时很美,许国和齐国都曾求婚,许穆夫人属意于齐,却被嫁于许。木瓜琼琚,是否与年轻时的旧事有关,已不可知了。

可知的是,许穆夫人在卫文公四年去世。十几年后,卫懿公的儿子开方与易牙、竖刀一起,将齐桓公幽禁在寝殿中活活饿死。

而宋桓夫人,不知道出于什么原因和宋桓公分道扬镳了。据说夫人独自一人回到卫国,有时思念儿子兹甫,就隔河眺望,吟下这千古名句:

[河广]

谁谓河广?一苇杭之。谁谓宋远?跂予望之。
谁谓河广?曾不容刀。谁谓宋远?曾不崇朝。

——《诗经·国风·卫风·河广》

兹甫后来即位，是为宋襄公。

人说，宋襄公一生迂阔，但却有一件事做得正确无比，那便是善待了流亡公子重耳——日后，这位中原霸主，将手提重兵将宋国从楚军的围困中解救出来。

公元前636年，秦国太子䓨奉父亲秦穆公①之命，率秦军三千，护送舅父晋公子重耳渡过黄河回晋国即位。

太子䓨的生母穆姬，是申生的妹妹，也是公子夷吾和重耳的姊妹。

据说《渭阳》就是太子䓨送重耳至渭水之阳，即将离去时写的。

[渭阳]

我送舅氏，曰至渭阳。何以赠之？路车乘黄。
我送舅氏，悠悠我思。何以赠之？琼瑰玉佩。

——《诗经·国风·秦风·渭阳》

此前，重耳已在外流亡了十九年。

十九年前，在骊姬的陷害下，晋国内乱，太子申生自缢，

---

① 秦穆公，《史记》中也作"秦缪公"，嬴姓，赵氏，"春秋五霸"之一。——编者注

公子重耳与夷吾出亡。

重耳先是逃往母国翟,隐居十二年。

然后又逃到卫国,再逃到齐国,娶了齐桓公的女儿。安定了几年以后,在众随从的逼迫下他再出亡。于是重耳又从齐到曹,从曹到宋,再从宋到郑,从郑到楚,最后从楚到秦。

秦国是重耳出亡的最后一站,也是他最雄厚的靠山,后来秦穆公还把公主怀嬴嫁给他,并派大军护送他回国。

出走半生的公子,归来已是王者。

公元前632年,纷争不已的中原群雄迎来了新的霸主——晋文公重耳。他不但是春秋五霸之一,更是夏、商、周三代最有势力和影响力的上古五霸①之一。

公元前621年,秦穆公去世,太子䓨(当年曾奉父命率大军护送公子重耳回国)即位,是为秦康公。

同年,晋文公之子、秦康公的表兄弟晋襄公去世。

晋文公和秦穆公相继去世以后,累世的秦晋之好逐渐破灭。

再后来,魏武侯、韩哀侯、赵敬侯三家分晋,群雄各自为战。

战国的烽烟里,只有风声猎猎穿过飘扬的战旗,再没有

---

① 上古五霸,也叫作先秦五霸,指夏朝的昆吾氏、商朝的大彭氏和豕韦氏,以及周朝的齐桓公和晋文公。——编者注

清越的木铎声——没有人再去采诗,那记录着王朝风情的诗篇已悄然终止在株邑(在今河南柘城县北)的郊外。

然而,就在周人的采诗官消失的古田陌深处,楚人的子孙,正分波扬袂,自古水泽间吟哦而来。

贰

楚辞

饮一句离骚别愁，醉一世报国春秋

公元前六世纪，在北方，当周王的采诗官消失在古田陌深处的时候，而南方的古水泽间，楚王的子孙，正踏歌徐来。

楚辞不是从屈原开始的。

自有楚,便有楚辞。①

那是楚国民间悠远的调子。

先秦的歌谣里,隐隐约约地讲述着楚国的往昔——算起来,楚人的祖先高阳和周人的祖先弃都是黄帝的后裔,若论辈分,弃还得唤高阳一声伯公呢。②

公元前六世纪,在北方,当周王的采诗官消失在古田陌深处的时候,而南方的古水泽间,楚王的子孙,正踏歌徐来。③

那片古水泽,便是楚国旧都鄂城的梁子湖。

---

① 楚辞有两个定义,狭义的楚辞,指以战国时楚国屈原为代表的诗人创作的新诗体;广义的楚辞,泛指与北方文化体系同时存在的、以楚地为主流行的南方歌辞。——作者注
② 黄帝生昌意、玄嚣,昌意生高阳,玄嚣生蟜极,蟜极生喾,喾生弃,因此从辈分上来说,高阳比弃要高出两个辈分。——作者注
③ 《诗经》大约止于公元前600年的《株林》篇,《越人歌》的年代大约在公元前540~公元前529年之间,故它们的衔接处大约在公元前六世纪。——作者注

早在周夷王的年代，楚君熊渠仗着天时、地利、人和，兴兵伐古庸、扬越，直打到鄂城。自熊挚红以后六代，都曾以鄂城为楚的都城。

公元前541年，楚共王次子熊围杀了侄子楚郏敖，上位为楚灵王。楚灵王在位十余年间，鄂城迎来了他们的封君——灵王的弟弟子皙，历史上有名的《越人歌》的主角。①

[越人歌]

今夕何夕兮搴舟中流，今日何日兮得与王子同舟。蒙羞被好兮不訾诟耻。心几烦而不绝兮得知王子。山有木兮木有枝，心悦君兮君不知。

据说，子皙受封之日泛舟于梁子湖上，这是为他打桨的越人爱慕他，摇着桨为他唱的歌。唱的时候可不是现在这个"今夕何夕兮"的样子，它长得这样：滥兮抃草滥。予昌枑泽，予昌州。州𩗴、州焉乎，秦胥胥。缦予乎，昭澶秦逾。渗惿随河湖。

这谁能听懂？

子皙也不懂，他让人翻译成了楚语，听懂以后，与船夫拥袂相悦……《越人歌》因此成为中国最早的有史记载的"翻译诗"。

---

① 《越人歌》中的鄂君，至今不明，本文取《破译语言化石鄂君歌之迷》中的说法，倾向于认同鄂君是楚共王第四子（即楚灵王四弟），又名子皙、子晰、子析、公孙黑、黑肱、四化等。梁子湖，参考自《论鄂君子皙之鄂》——作者注。

这个被民众爱在心里的封君，不仅平易近人，还聪敏、忠勇、仁厚，但后来他却死于非命。

公元前529年，楚人驱逐那个爱好细腰的楚灵王，拥立公子子比为王，是为楚初王，子晳为令尹，没过多久，公子弃疾（楚共王幼子、楚灵王之弟）用计逼得哥哥子比和子晳自杀，趟着血泊上位（即楚平王），结束了绵延十多年的诸王子之乱。

五子三王之乱结束了。另一场剧变却已隐伏待发。

楚平王即位后，为太子建挑了两位老师，他给太子建挑的太傅叫伍奢，少傅叫费无忌。
太子建很明白，伍奢忠直，费无忌能言巧辩、不安于侍奉自己，他要做的是君王的宠臣。
太傅、少傅加一个太子组成的三脚棚，在七年后坍塌了。

公元前522年，因为大夫费无忌的挑拨，伍奢冤死，太子逃走，伍奢的两个儿子，老大伍尚跟父亲一样冤死了，老二伍员跟太子一样逃走了。
伍奢，就是伍子胥的父亲。伍员，就是后来的伍子胥。
栖栖惶惶的伍员一直逃到楚吴边境的浦水，躲在芦苇荡里不敢出来，一夜头白。他能活下来并逃到吴国成为伍子胥，是因为偶遇了一个好心的渔父。若没有这首渔父的《渡伍员歌》，我们大概不会知道伍员那段芦苇荡里的悲惨经历：

[渡伍员歌]

日月昭昭乎浸已驰。与子期乎芦之漪。日已夕兮予心忧悲。月已驰兮何不渡为。事浸急兮将奈何。芦中人。芦中人。岂非穷士乎。

渡河逃到吴国的伍员,从此成为复仇者伍子胥。

伍子胥先后带着吴国军队五次伐楚,大败楚军。堂堂大楚,竟然被轰得团团转,别说和大国争霸了,就连以前瞧不起的小国也敢来欺负楚国了,原来相好的诸侯国也都叛楚归晋。楚平王愁得睡不着觉。

公元前516年,抑郁成疾的楚平王去世,不满十岁的太子壬继位为楚昭王①,楚国中兴之主登上历史舞台。

但伍子胥并没有放下复仇的利剑。

公元前506年,在伍奢死后十六年,吴军大破楚军,直入都城郢都,伍子胥掘开楚平王墓,鞭尸三百,以报家仇。十几岁的少年楚昭王被迫出逃,大夫申包胥跑到秦国哭了七天七夜,终于哭动了秦哀公,给他派了五百乘的秦国援军。楚国,到底被这样救下了。

祸起于楚平王,大概上天也不忍心把过多的苦难放在年轻的楚昭王身上吧。

---

① 楚昭王熊壬,又名熊轸(珍)。——编者注

何况，楚昭王算是个通晓大义的君主——这是孔子说的。

说起来，孔子与楚昭王，曾有过一段微妙的情谊。

公元前489年，周游列国已十余年的孔子，和弟子们被困在陈、蔡两国之间足足七天，又饿又急，相继病倒。楚昭王听说了孔子师徒的窘境，派军队将他们接到楚国，并打算把七百里的地封给孔子。而孔子，面对着昭王的殷勤，也着实动了心。

[楚聘歌]

大道隐兮礼为基，贤人窜兮将待时。
天下如一兮欲何之。

楚昭王问孔子：姜尚与许由，哪一个人更贤一些呢？

据说孔子这样答：许由独善其身，姜尚兼善天下。可惜如今之世上，大道已隐，贤人待时，纵有姜尚，谁是文王？

他又隐晦地以《楚聘歌》表示："如果您立志做文王，我自然愿意做姜尚。"（见《古诗源》引《孔丛子》）

楚狂接舆[①]因此跑到孔子面前，大声地唱着歌嘲笑他。

[凤兮歌]

凤兮凤兮，何德之衰也。来世不可待，往世不可追也。

---

① 楚狂接舆是《论语·微子》中的人物，楚狂即楚人，楚狂曾经劝说孔子不要热衷政治。——编者注

> 天下有道,圣人成焉;天下无道,圣人生焉。方今之时,仅免刑焉!福轻乎羽,莫之知载;祸重乎地,莫之知避。已乎,已乎!临人以德。殆乎,殆乎!画地而趋。迷阳迷阳,无伤吾行。吾行却曲,无伤吾足。

这个接舆,就是当时楚国的隐士陆通。

据说,陆通和楚王一样,都是楚人先祖陆终的后代,身上流着一样的王族的血脉。

孔子选择做姜尚,而陆通却选择做许由,"躬耕以食",佯狂不仕——他觉得孔子太痴,"瞧瞧这世道,难道还会好吗!"

这是《庄子·人间世》里的记载,后来也记录在《论语·微子》篇里。

微妙的是,和《楚聘歌》《凤兮歌》同时,《论语》里还记载着孔子在楚地听到的一首《孺子歌》。

[孺子歌]

> 沧浪之水清兮,可以濯我缨;沧浪之水浊兮,可以濯我足。

《孺子歌》(亦名《沧浪歌》)早在春秋时期已经传唱于楚地,大人小孩都会唱。据说孔子听到以后叹息说:"你们听啊!清斯濯缨,浊斯濯足,人生的路,到底还是要自己选择的啊!"

是清斯濯缨,还是浊斯濯足?

是做姜尚,还是做许由?

这世道会好吗，还是不会好了？

命运的难题，就这样摊开在孔子面前。

还没等孔子想明白，这年秋天，楚昭王在城父①去世。

楚昭王死后，他与越王勾践之女所生的王子章被迎接回国，即位为楚惠王。

摇摆在清斯、浊斯之间的孔子，最终等来的是楚惠王的冷淡。

公元前488年，失望的孔子决定离开楚国。

十年后，楚惠王的外公勾践拿下笠泽之战的胜利。

又十五年，越国灭吴国。

那时没有人想到，勾践将是春秋时代最后一位霸主。

也没有人想到，接踵而来的战国时代，楚国将经历巅峰与霸业，然后从巅峰跌落，最终坠入亡国的深渊。

公元前403年，韩、赵、魏三家分晋，春秋时代结束，战国时代烽烟四起。②

伴随着这烽烟，公元前402年，楚惠王的孙子熊疑登上王位，是为楚悼王。

楚国在悼王的手里崛起了。这个很有抱负的君主，在最有

---

① 城父县，在今安徽省亳州市谯城区城父镇。——编者注
② 公元前403年，周威烈王封三家为诸侯。司马光在《资治通鉴》中以此事件开始，作为春秋与战国的分界。——编者注

雄心的年纪遇到了吴起，吴起为他筹谋变法，经过近六十年的休养生息，楚国终于走上巅峰，成为当时世界上领土最广、物产最丰、人口最多、军队最强的国家。

公元前329年，熊槐在这样的强盛光景里成为楚怀王。

公元前328年，在遥远的北方，一个叫张仪的人开始任秦国国相。

公元前327年，楚国秭归的乐平里，一个叫屈原的贵族少年，年方十三。

后世的史书将记录下他们每个人的名字，以及他们之间命运的羁绊。而伟大的楚辞，将因为屈原，从此永恒辉映后世！

据说，这个十来岁的贵族少年自幼嗜书成癖，读书多且杂，十六岁的时候，他就写出了华美的《橘颂》①，那是风谲云诡的战国末期。

[橘颂]

后皇嘉树，橘徕服兮。受命不迁，生南国兮。深固难徙，更壹志兮。绿叶素荣，纷其可喜兮。曾枝剡（yǎn）棘，圆果抟兮。青黄杂糅，文章烂兮。精色内白，类任道兮。纷缊宜修，姱而不丑兮。嗟尔幼志，有以异兮。独立不迁，岂不可喜兮？深固难徙，廓其

---

① 本书中关于屈原作品的编年，均参考自任国瑞之《屈原年谱》。——编者注

无求兮。苏世独立，横而不流兮。闭心自慎，不终失过兮。秉德无私，参天地兮。愿岁并谢，与长友兮。淑离不淫，梗其有理兮。年岁虽少，可师长兮。行比伯夷，置以为像兮。

这以后几年，这个立志要像橘树一样独立、清醒、正直的少年，深得楚怀王器重，从鄂渚县丞升任怀王的左徒。

他忙得不可开交。

时而奉怀王之命出使齐国，时而随诸国联军攻打秦国，时而忙于国内的变法改革。在这忙碌的间歇，屈原仍然不辍辞章，据说《湘君》《湘夫人》都写于这几年间。

〔湘君〕

君不行兮夷犹，蹇谁留兮中洲？美要眇兮宜修，沛吾乘兮桂舟。令沅湘兮无波，使江水兮安流。望夫君兮未来，吹参差兮谁思？驾飞龙兮北征，邅（zhān）吾道兮洞庭。薜荔柏兮蕙绸，荪桡兮兰旌。望涔阳兮极浦，横大江兮扬灵。扬灵兮未极，女婵媛兮为余太息！横流涕兮潺湲，隐思君兮陫侧。桂櫂兮兰枻，斲冰兮积雪。采薜荔兮水中，搴芙蓉兮木末。心不同兮媒劳，恩不甚兮轻绝。石濑兮浅浅，飞龙兮翩翩。交不忠兮怨长，期不信兮告余以不闲。朝骋骛兮江皋，夕弭节兮北渚。鸟次兮屋上，水周兮堂下。捐余玦兮江中，遗余佩兮醴浦。采芳洲兮杜若，将以遗兮下女。

时不可兮再得，聊逍遥兮容与。

[湘夫人]

帝子降兮北渚，目眇眇兮愁予。袅袅兮秋风，洞庭波兮木叶下。登白薠兮骋望，与佳期兮夕张。鸟何萃兮蘋中，罾何为兮木上？沅有芷兮澧有兰，思公子兮未敢言。荒忽兮远望，观流水兮潺湲。麋何食兮庭中？蛟何为兮水裔？朝驰余马兮江皋，夕济兮西澨（shì）。闻佳人兮召予，将腾驾兮偕逝。筑室兮水中，葺之兮荷盖。荪壁兮紫坛，播芳椒兮成堂；桂栋兮兰橑，辛夷楣兮药房；罔薜荔兮为帷，擗（pǐ）蕙櫋（mián）兮既张；白玉兮为镇，疏石兰兮为芳；芷葺兮荷屋，缭之兮杜衡。合百草兮实庭，建芳馨兮庑门。九嶷缤兮并迎，灵之来兮如云。捐余袂兮江中，遗余褋（dié）兮澧浦。搴（qiān）汀洲兮杜若，将以遗兮远者；时不可兮骤得，聊逍遥兮容与！

转眼，屈原从十几岁的少年成长为年轻有为的政治家。而诸国纷战也已有九十个年头了。

在这九十年里，齐、楚、燕、韩、赵、魏、秦成为七个最厉害的带头大哥，他们有时候几个合起来打一个，有时候互相打来打去，总之谁也不服谁。公孙衍、张仪、苏秦等人游走诸国、纵横捭阖，一会儿劝说你国和他国合纵，一会儿鼓吹他国和你国连横。

是选择合纵？还是选择连横？

那时候的楚怀王没有想到，一子错，会全盘输。

公元前313年，秦国派张仪入楚鼓吹"连横"，口头答应愿意归还楚国商於六百里地，条件是楚国和齐国断交，和秦国结盟。陈轸、屈原极力谏说楚怀王，不要轻信秦的谎言，但楚怀王哪里听得进去？屈原被勒令不得参与朝政，他无可奈何地写下《惜诵》。

［惜诵（部分）］

惜诵以致愍兮，发愤以抒情。所非忠而言之兮，指苍天以为正。令五帝以折中兮，戒六神与向服。俾山川以备御兮，命咎繇使听直。谒忠诚以事君兮，反离群而赘肬。亡儇媚与背众兮，情与貌其不变。故相臣莫若君兮，所以证之不远。吾谊先君而后身兮，羌众人之所仇。……

楚国就这样轻易地和齐国断交，和秦国结盟了。

当楚国向秦国讨取土地时，张仪大笑道："我和楚王商定是六里，没听说是六百里。"楚怀王大怒，但为时已晚。

从这时候开始，楚国的命运和屈原的命运都开始一路走衰。

公元前312年，愤怒的楚军大战秦军，结果，一败于丹阳，再败于蓝田，紧接着又被韩魏夹击，而齐国因为被楚国背叛而选择袖手旁观……

公元前311年，张仪再次前往楚国，一番魔幻操作，不但全须全尾回到秦国，还深受怀王礼遇，并再度按开了秦楚连横的开关……

公元前303年，齐韩魏三国因为楚国背叛合纵盟约，共同攻打楚国。楚国送太子横到秦国当人质，换得秦楚联军和三国联军对打。

公元前302年，太子横误杀秦国大夫，私自逃回楚国，秦楚交恶。

这些年来，被赶出朝廷的屈原大部分时间都在汉北流浪。

汉北，是汉水在郢都以东折而东流一段的北面，离楚故都鄢郢不远，楚国先王之庙和公卿祠堂都在鄢郢。

当屈原在鄢郢拜谒楚之远祖及屈氏太祖，"临睨旧乡"之时，他不禁联想起自己和祖国的命运，于是写下长长的《离骚》，慨叹这跌宕的一生。

[离骚（部分）]

长太息以掩涕兮，哀民生之多艰。余虽好修姱以鞿（jī）羁兮，謇朝谇（suì）而夕替。既替余以蕙纕（xiāng）兮，又申之以揽茝（chǎi）。亦余心之所善兮，虽九死其犹未悔。怨灵修之浩荡兮，终不察夫民心。众女嫉余之蛾眉兮，谣诼谓余以善淫。……

《离骚》是中国古代最长的抒情诗，也是古代浪漫主义文学的代表，对后世影响深远。这首诗不仅倾述了爱国主义诗人屈原对楚国命运与黎民百姓的关心，更表达了其远大的政治抱负和爱国主义精神。

同样表达诗人坚守节操、思君劝谏的还有一篇浪漫主义文学代表作《思美人》，屈原追慕先贤，劝谏君王，并期望怀王能够心回意转，不蹈历史旧辙，振兴楚国。

[思美人（部分）]

思美人兮，揽涕而伫眙（zhùyí）。媒绝而路阻兮，言不可结而诒。蹇蹇之烦冤兮，陷滞而不发。申旦以舒中情兮，志沉菀而莫达。愿寄言于浮云兮，遇丰隆而不将。因归鸟而致辞兮，羌迅高而难当。……

但他的"美人"，他竭诚相待的君王，还没有来得及回心转意，就即将走向悲惨的命运。

公元前299年，秦昭王写信给楚怀王说，愿意在武关缔结和约。楚怀王在幼子子兰的劝说下，前往武关，不慎落入秦国圈套，被劫往咸阳。

公元前296年，孤身被困三年后，楚怀王抑郁成疾，客死咸阳。秦王将怀王的灵柩送回楚国，楚国举国悲痛，与秦断绝来往。

楚人为故去的怀王举行了盛大的纪念仪式。屈原受命写下《招魂》，以俟楚怀王魂之来归。

[招魂（部分）]

魂兮归来！去君之恒干，何为四方些？舍君之乐处，而离彼不祥些！魂兮归来！东方不可以（yǐ）托些。长人千仞，惟魂是索些。十日代出，流金铄石些。彼皆习之，魂往必释些。归来兮！不可以托些。魂兮归来！南方不可以止些。雕题黑齿，得人肉以祀，以其骨为醢（hǎi）些。蝮蛇蓁蓁，封狐千里些。雄虺九首，往来倏忽，吞人以益其心些。归来兮！不可以久淫些。魂兮归来！西方之害，流沙千里些。旋入雷渊，麇散而不可止些。幸而得脱，其外旷宇些。赤蚁若象，玄蜂若壶些。五谷不生，丛菅是食些。其土烂人，求水无所得些。彷徉无所倚，广大无所极些。归来兮！恐自遗贼些。魂兮归来！北方不可以止些。增冰峨峨，飞雪千里些。归来兮！不可以久些。……

这是屈原在三闾大夫任内所写的最后一篇。

不久，他被罢免三闾大夫之职，并被顷襄王放逐沅湘。

他从郢都出发，先到鄂渚，然后入洞庭。一路上，他走走停停，满怀悲怨。

两年后，他再被流放到更远的荒僻江南。在那里，他留下瑰丽的《涉江》和《悲回风》。

[涉江(部分)]

余幼好此奇服兮,年既老而不衰。带长铗之陆离兮,冠切云之崔嵬。被明月兮佩宝璐。世混浊而莫余知兮,吾方高驰而不顾。驾青虬兮骖白螭,吾与重华游兮瑶之圃。登昆仑兮食玉英,与天地兮同寿,与日月兮同光。……

[悲回风(部分)]

悲回风之摇蕙兮,心冤结而内伤。物有微而陨性兮,声有隐而先倡。夫何彭咸之造思兮,暨志介而不忘。万变其情岂可盖兮,孰虚伪之可长?……

那时候,往日绿叶素容般的青春少年,已是五十多岁的萧萧老人了。

他的一生已走过了大半,而他的祖国呢?

公元前281年,楚派使者秘密联络诸侯各国,重新缔结抗秦盟约,可惜消息走漏了风声,秦国听说后,派重兵压境。

公元前280年,秦军打败楚军,掠走上庸、汉水以北的楚地。

公元前279年,秦国大将白起攻占楚国西陵。

公元前278年,白起继续南下,一路破郢都,烧夷陵,入竟陵,一直杀到洞庭湖。楚顷襄王被迫放弃郢都,把都城东迁到陈城(今河南淮阳)。

五月五日，六十二岁的屈原怀石自沉于汨罗江，留下绝笔《惜往日》。

[惜往日（部分）]

惜往日之曾信兮，受命诏以昭时。奉先功以照下兮，明法度之嫌疑。国富强而法立兮，属贞臣而日娭（xī）。秘密事之载心兮，虽过失犹弗治。……宁溘死而流亡兮，恐祸殃之有再。不毕辞而赴渊兮，惜壅君之不识。……

他终于走了。从此他心里的疑惑万千与愁绪万缕都不再需要答案。

[天问（部分）]

曰：遂古之初，谁传道之？上下未形，何由考之？冥昭瞢（méng）暗，谁能极之？冯翼惟象，何以识之？明明暗暗，惟时何为？阴阳三合，何本何化？圜则九重，孰营度之？惟兹何功，孰初作之？……

《天问》被誉为"千古万古至奇之作"，全诗通篇是对天地、自然和人世等一切现象的发问，谁曾想到，几千年后的华夏子孙继承了这种对真理追求的坚韧与执著，将天问行星探测系列任务带入太空，实现了相隔千年的人类智慧的思维火花的碰撞。

据说，在沉江前，屈原和江边的渔父有过一番对话。

屈原说："举世皆浊我独清，众人皆醉我独醒。"

渔父笑了，说："沧浪之水清兮，可以濯我缨；沧浪之水浊兮，可以濯我足。人得学会变通，何必如此执着呢！"

二百年前，孔子听过这首《孺子歌》。

二百年前，陆通也曾经跟孔子说过："来世不可待，往世不可追也。你梦中的圣贤之世，永远不会再有了。你何必如此执着呢！"

痴人，总是一样的痴。

屈原死后一年，据说宋玉和景差曾为纪念屈原，留下纪念诗篇，下面这篇《大招》便是景差所写[①]。

[大招（部分）]

青春受谢，白日昭只。春气奋发，万物遽只。冥凌浃行，魂无逃只。魂魄归来！无远遥只。魂乎归来！无东无西，无南无北只。……

兔死狐悲，宋玉和景差，又能支撑多久？

公元前249年，春申君黄歇架空楚考烈王，五十岁的宋玉被免去一切职务。

---

① 关于《大招》的作者以及招谁之魂，学界内尚有争议，因尚无定论，本书取作者为景差一说。——编者注

这年，离屈原去世已有三十年了，相同的际遇，又一次降临到他的学生宋玉身上。

据说，宋玉是宋国的公子，因父子矛盾而出走来到楚国，做了屈原的弟子。"摇落深知宋玉哀"，从此，在中国文学里，悲秋之情一直挥之不去。曹丕有《燕歌行》，曹植有《秋思赋》，庾信写过"摇落秋为气，凄凉多怨情"，杜甫写过"万里悲秋常作客，百年多病独登台"。身世之愁、家国之恨，从此留在历代文人的血脉里，每到秋来，倍觉惆怅。而它们最早的源头，就来自宋玉的这篇《九辩》。

［九辩（部分）］

悲哉秋之为气也！萧瑟兮草木摇落而变衰。憭栗兮若在远行；登山临水兮送将归。泬寥兮天高而气清；寂寥兮收潦而水清。憯凄增欷兮，薄寒之中人。怆怳（huǎng）懭（kuǎng）悢兮，去故而就新。坎廪兮，贫士失职而志不平。廓落兮羁旅而无友生；惆怅兮而私自怜。燕翩翩其辞归兮，蝉寂漠而无声；雁雍雍而南游兮，鹍（kūn）鸡啁哳而悲鸣。独申旦而不寐兮，哀蟋蟀之宵征。时亹（wěi）亹而过中兮，蹇淹留而无成。悲忧穷戚兮独处廓，有美一人兮心不绎。……

公元前222年，宋玉卒。

就在此前一年，秦军大败楚军，楚国灭亡。

而秦楚的缠斗并没有结束。

公元前221年，六国毕，四海一，秦始皇嬴政君临天下。

又十五年，楚人项羽击杀秦军主力，完成了"楚虽三户，亡秦必楚"的预言[①]。

又五年，在四面楚歌里，刘邦的大汉帝国代秦而立，一统天下四百年。

秦楚往事，这时才灰飞烟灭，随风而去。

沉寂很久的阡陌上，久违的铃声再次伴着风声遥遥而起。

那是大汉乐府的采诗官们，摇着木铎，从远方走来了。

---

① 出自《史记·项羽本纪》，楚怀王当年客死于秦时，楚国的南公曾说过："楚虽三户，亡秦必楚"，如谶言般正确地预见了亡秦这一事业起于楚，又终成于楚的必然。——编者注

叁

汉乐府
听,无名者的吟唱

他随口吟唱,把那些句子慷慨地抛撒在风中,撒在尘土里,唱完就忘了,他自己,也翩然消失在时光的荒野里。

有个诗人,他比李白牛。

他叫"佚名"。

100卷的《乐府诗集》里,许多名气甚大的好诗都是"佚名"写的,因为写得很好,李白抄了很多,有时候甚至连题目都懒得改……

此人大度,从来没说李白侵权。

他随口吟唱,把那些句子慷慨地抛撒在风中,撒在尘土里,唱完就忘了,他自己,也翩然消失在时光的荒野里。

若没有采诗官捡拾,便不会有人记得那长城边饮马的水窟,不会有人记得淮水边徘徊的路人,也不会有人记得那霸王最后的悲啸……

公元前202年,垓下。

一位曾像天神般勇武的男人,被迫直面他的人生绝路。

战略决战的时刻即将到来。

在这之前,他和刘邦火拼了足足两年零五个月①,后订立条约,约定以鸿沟为界,中分天下,鸿沟以东是他项羽的地盘,鸿沟以西是刘邦的地盘。

鸿沟之约后一个月,刘邦背盟,追击东撤的楚军。四个月后,刘邦调集韩信、彭越、英布、刘贾等各路大军四十万人,将项羽的十万楚军包围于垓下。

那是寒冬十二月的晚上。兵少、粮尽、苦苦支撑的项羽,听到四面的汉军帐中传来的楚地歌谣,忽然崩溃了!

他在营帐中酌酒起歌,悲不可抑。

[琴曲歌辞② · 力拔山操]　项羽

力拔山兮气盖世,时不利兮骓不逝。
骓不逝兮可奈何,虞兮虞兮奈若何!

据说,当时虞姬站起身来,拔剑起舞,舞罢自刎,以求项羽毫无牵挂地退走。于是项羽率八百骑突围南逃,刘邦紧追不舍,直追到乌江边上。

---

① 楚汉相争历时四年,从公元前206年至公元前202年。此处"二年零五个月"指公元前204年至公元前202年楚汉相峙于荥阳。——作者注
② 琴曲歌辞是乐府的一种,其作品已亡佚殆尽,所存多为后人伪托。——编者注

这样的追逐其实何其熟悉。

大概两三年以前,刘邦也被项羽这样追过。

不同的是,那次,刘邦逃回了荥阳。

而这次,项羽却自刎于乌江边上——过了乌江,就是他的江东老家,江东素多才俊,若卷土重来,谁又知道赢家会是谁呢?

可惜历史的字典里从没有"若"字。

一代霸王,兵败而殒。

至此,刘邦的大军再无人可挡。

各诸侯与将相们联合上书,请求刘邦称帝。

于是,公元前202年的二月初三,在汜水之北的定陶,刘邦做了皇帝,建国号为汉。后改封韩信为楚王,封建成侯彭越为梁王,封衡山王吴芮为长沙王,而淮南王英布、燕王臧荼、赵王张敖保持王号依旧。

其时率土之滨,莫非王土,四海之士,莫非王臣。

唯有齐人田横不肯对汉称臣,带着五百门客逃往海岛。后来,田横不得已乘船赴洛阳面见刘邦,却在距洛阳三十里地的首阳山慨然自刎。

刘邦再去召留在海岛的五百门客,那五百门客听说田横已死,竟也全部自杀。传说死前,他们作葬歌二首,那就是《薤(xiè)露》和《蒿里》。

[相和歌辞[1]·薤露]　佚名

薤上露，何易晞。
露晞明朝更复落，人死一去何时归。

[相和歌辞·蒿里]　佚名

蒿里谁家地？聚敛魂魄无贤愚。
鬼伯一何相催促？今乃不得少踟蹰。

《薤露》和《蒿里》原是一曲。

后来武帝时天才的乐人李延年将它们分制成二曲，《薤露》为王公贵人送葬，《蒿里》为士大夫庶人送葬，也称为《挽柩歌》，后世的挽歌、挽诗、挽词，都从这田横门客的二曲而来。

田横对大汉的不服，仅仅是个开端。
怀疑和反叛很快如燎原之火，一路蔓延。
臧荼被斩杀，韩信被夷灭三族，彭越亦家族被诛……

公元前196年，因为害怕自己落得与淮阴侯韩信、梁王彭越一样的悲惨下场，淮南王英布起兵了。

刘邦亲自出征，很快击败了英布并将其杀死。

班师还朝的时候，刘邦顺道回了自己的故乡——沛县，他把昔日的朋友、尊长、晚辈统统召来，在沛宫置办流水席，与

---

[1] 相和歌辞是乐府诗集中的一类，盛行于汉魏时期。——编者注

子民们同欢痛饮十数日。饮到兴头时，刘邦弹着筑琴，唱起自编的楚歌。

[琴曲歌辞·大风歌]　刘邦

大风起兮云飞扬，
威加海内兮归故乡，
安得猛士兮守四方！

此时的刘邦，大概正是人生最志得意满的时候。

刘邦本名刘季，出生于沛郡丰邑中阳里，父亲是刘太公，母亲是刘媪。

据说他的出生非同寻常，是龙的后代——

"其先刘媪尝息大泽之陂，梦与神遇。是时雷电晦冥，太公往视，则见蛟龙于其上。已而有身，遂产高祖。"

这是《史记》中的记载，真的让人目瞪口呆，难以相信……

无论如何，刘邦后来果然成了真龙天子，且把所有反对他的人都铲除了。

不过，他自己也没有撑太久。

讨伐英布的时候，他被流矢射中，从沛县回去后不久即病重，一年后不治身亡。

刘邦去世于公元前 195 年。

去世之前，他已经安排好了身后人事：

以后若萧何死了，朝廷大事便交给曹参打理；若曹参死了，大事便交给王陵裁决，陈平、周勃辅助——吕后问他：那再往后呢？

刘邦淡淡地说：再往后的事，不是你我能知道的。

就这样，刘邦建立的汉帝国，安安稳稳地从高祖过渡到了文帝、景帝。

直到他的后代中，有一位少年天子凌空出世。

公元前141年，刘邦的曾孙刘彻即位为汉武帝。

横绝一代的帝王缓缓推开了他的王霸雄图。

他的麾下有无数的勇士、谋臣，当然也有才子。

其中最有名的才子，叫司马相如。

公元前130年，相如已担任郎官数年，时逢唐蒙受命开发夜郎及其西面的僰中，因为唐蒙处理得不好，巴、蜀百姓一度骚乱恐惧。本是蜀人的司马相如遂受命调解，写成《喻巴蜀檄》[1]。

《喻巴蜀檄》以雄辩和飞扬的才气，安抚了巴蜀的百姓，也成为流传至今的最早的公告檄文。

这个司马相如，就是弹唱着《凤求凰》把卓文君带回家的那个著名的才子。

---

[1] 《喻巴蜀檄》成文有公元前135、公元前130的说法，本文倾向于熊伟业"司马相如《喻巴蜀檄》丛考"中成文于公元前130年的观点。——作者注

凤求凰

[琴曲歌辞·凤求凰（其二）]　司马相如

凤兮凤兮归故乡，遨游四海求其凰。时未遇兮无所将，何悟今兮升斯堂！
有艳淑女在闺房，室迩人遐毒我肠。何缘交颈为鸳鸯，胡颉颃兮共翱翔！
凰兮凰兮从我栖，得托孳尾永为妃。交情通意心和谐，中夜相从知者谁？双翼俱起翻高飞，无感我思使余悲。

晋人葛洪《西京杂记》里说：后来，司马相如变了心，将纳茂陵女为妾，刚烈的卓文君作《白头吟》以自绝。但《宋书·乐志》和《玉台新咏》都认为，没有这事。《玉台新咏》载有此诗，题作《皑如山上雪》，认为这诗和卓文君原无任何关系。

皑如山上雪

[相和歌辞·白头吟]　佚名

皑如山上雪，皎若云间月。
闻君有两意，故来相决绝。
今日斗酒会，明旦沟水头。
躞（xiè）蹀御沟上，沟水东西流。

凄凄复凄凄，嫁娶不须啼。
愿得一心人，白头不相离。
竹竿何袅袅，鱼尾何簁簁！
男儿重意气，何用钱刀为！

《白头吟》到底是谁写的？那一对史上最有名气的才子佳人的结局到底如何？已遥不可知了。我们能知道的是：

公元前119年[①]，司马相如卒于茂陵。

同一年，卫青、霍去病各率骑兵五万，深入漠北，大败匈奴，赢得封狼居胥的辉煌大胜。

匈奴人被远远地赶出漠南，他们悲伤地唱着：失我焉支山，令我妇女无颜色。失我祁连山，使我六畜不蕃息。

这一年，汉武帝刘彻君临天下已二十二载，却不过三十多岁。

三十而立，他立得如此彪悍魁伟，然而，他的内心却有着深深的隐忧。

公元前113年，刘彻率领群臣到河东郡汾阳县祭祀后土，秋风萧瑟，归雁哀鸣，彼时刘彻乘楼船泛舟汾河，不禁悲欣交集，于是写下这篇《秋风辞》。

[①] 关于司马相如的去世时间，也有研究指出为公元前118年。——编者注

秋风辞

[杂歌谣辞①·秋风辞]　刘彻

秋风起兮白云飞,草木黄落兮雁南归。
兰有秀兮菊有芳,怀佳人兮不能忘。
泛楼船兮济汾河,横中流兮扬素波。
箫鼓鸣兮发棹歌,欢乐极兮哀情多。
少壮几时兮奈老何!

这年刘彻四十四岁。

他以武力打击匈奴,解除了数代以来的北部边患。

他采取的国家专卖(盐铁、均输、平准)、统一货币、重农贵粟三大政策极有成效,挽救了由于长期用兵造成的生产危机和财政危机。

他手下有司马相如这样的才子,有卫青、霍去病这样的猛将,有汲黯这样的忠臣……还有李延年这样的艺者和李夫人这样的美人。

但是他却说:欢乐极兮哀情多。他的哀,来自生命的尽头——

"我愿再活五百年,一千年……"

上天没有给刘彻更多的寿命。

---

① 杂歌谣辞是古代乐府从民间采来的歌谣,《乐府诗集》辑有《杂歌谣辞》七卷。——编者注

却以另一种方式让大汉的魂魄永留世间。

公元前112年,就在写《秋风辞》的第二年,刘彻拨专款设立了乐府——中国古代最著名的中央音乐机关。

乐府并非刘彻首创,早在秦始皇时代就有乐府这个官署,但乐府的传奇,却是在汉武帝手里谱就的。

那时候,采诗官们大规模地从民间采集民歌,配上音乐,便于在朝廷宴饮或祭祀时演唱。据班固《汉书·艺文志》记载,乐府人员最多的时候曾有800多人,曾采得歌诗28家、314篇——那些散落于民间、曲辞优美的无名者的歌谣,因此得以留存和流传,那些细碎的、日常生活的片断,那些与皇天后土无关的人世间的苦与乐、爱与恨、生与死,就这样像沙里黄金般被淘冶而出,千古不朽。

比如,在酷吏横行的武帝时代,隐晦表现小民"敢怒不敢言"心思的《蛺蝶行》。

蛺蝶行

[杂曲歌辞·蛺蝶行]　　佚名

蛺蝶之遨游东园,奈何卒逢三月养子燕,
接我苜蓿间。持之我入紫深宫中,
行缠之傅榻栌间,雀来燕。

燕子见衔哺来,摇头鼓翼何轩奴轩!

比如,表现山高水深、远行客思乡不能归的《巫山高》。

巫山高

〔鼓吹曲辞①·巫山高〕 佚名

巫山高,高以大;淮水深,难以逝。
我欲东归,害梁不为?
我集无高曳,水何梁汤汤回回。
临水远望,泣下沾衣。
远道之人心思归,谓之何!

还有像《饮马长城窟行》这样被后世诗人不断摹写的范本。

饮马长城窟行

〔相和歌辞·饮马长城窟行〕 佚名②

饮马长城窟,水寒伤马骨。

---

① 鼓吹曲辞为乐府的一种,具有塞外音乐的特点,流行于汉至唐代。——编者注
② 《相和歌辞·饮马长城窟行》,作者一般标为陈琳。另一首汉代文人五言诗《青青河畔草》,标为"古辞",未署作者。但学界有另一种观点,认为这两首作者有误,以"饮马长城窟"开首、句句不离饮马长城古意的这首,更符合西汉乐府古辞的特点,可能才是真正的古辞,而《青青河畔草》那首与东汉末年出现的《古诗十九首》相类,其作者才是陈琳。参看多篇论文之后,本文更倾向于这个观点。——作者注

往谓长城吏,慎莫稽留太原卒!
官作自有程,举筑谐汝声!
男儿宁当格斗死,何能怫郁筑长城。
长城何连连,连连三千里。
边城多健少,内舍多寡妇。
作书与内舍,便嫁莫留住。
善侍新姑嫜,时时念我故夫子!
报书往边地,君今出语一何鄙?
身在祸难中,何为稽留他家子?
生男慎莫举,生女哺用脯。
君独不见长城下,死人骸骨相撑拄。
结发行事君,慊慊心意关。
明知边地苦,贱妾何能久自全?

  《饮马长城窟行》是汉乐府古辞,可能汉朝以前就流传民间了,据说古长城边有水窟,可供过往军卒饮马,曲名就是这样来的。

  古辞,也就是这首乐府最初的歌辞。后来的文人们喜爱这曲调和风格,会模仿它的风格,写成"拟乐府古题",曹植的《善哉行》、李白的《将进酒》全部都是拟乐府古题。

  一千多年后,北宋的郭茂倩将所有乐府诗歌编成《乐府诗集》,其中有乐府古辞、后世文人的拟作,共录有五千余篇。

  在郭茂倩的北宋时代,曾经也有过一个大晟乐府。那是宋徽宗赵佶的乐府。

大晟终究只剩下一段传说。

而汉武帝刘彻的乐府,却千秋万代地传了下来,永久立在了中国艺文史上。

因为有了乐府,我们看到了那个在大路上步履匆匆的男人,那个在桑田里辛勤劳作的女子,那个满面风尘的路人,那个啸马而过的公子——无论时光如何阻隔,他们的音容依旧鲜活。

这样鲜活的乐府,绕不过一个人,那就是武帝的宠臣——协律都尉李延年。

平心而论,李延年是个绝世的音乐天才。《折柳》与《梅花》这两首响当当的曲子,往上追源头,就要直追到李延年这里。李延年以他天纵的才华,把张骞从西域带回的胡曲《摩诃兜勒》,更造新声二十八解,其中就有《折柳》和《梅花》。采诗官们带回来的大量民间乐歌,也是李延年加工整理、编配新曲,才能广为流传。

公元前112年春天,也就是汉武帝刘彻重设乐府的这一年,李延年因为他的天才走进了西汉王朝的历史。随他而来的,还有他的妹妹李夫人。

李延年歌

[杂歌谣辞·李延年歌] 李延年

北方有佳人，绝世而独立。
一顾倾人城，再顾倾人国。
宁不知倾城与倾国？佳人难再得。

这位绝世而独立的佳人就是李延年的妹妹。因为这首歌，她被接进宫里，成为武帝的宠姬李夫人。

李延年之兄李广利被任命为贰师将军。

而著名音乐家李延年自己，被封为负责乐府的协律都尉，负责管理宫内的乐器。

李氏一门，一时间就和早些年的卫子夫一家一样，显贵无比。

可惜卫、霍的奇迹并未在李家身上重演。

《李延年歌》先是把李家带进富贵荣华的天堂，后来又把他们推入万劫不复的深渊。

太初年间，李夫人去世后，李家渐渐失宠，加上李夫人之弟李季罪祸，武帝下诏族灭李延年和李季宗族。

十年后，又下诏族灭海西侯李广利全家。

李家被族两次，就此灰飞烟灭。

刘彻，对内对外他都下手刚强狠辣。

在西北方他收拾了匈奴,在东北方,他又派楼船将军杨仆、左将军荀彘进击卫氏朝鲜(今朝鲜北部)。

公元前108年,卫氏朝鲜被灭,汉在朝鲜设置乐浪、玄菟、临屯、真番四郡。

大汉的版图逐渐成形。

在乐浪郡,一首忧伤的曲子被流传下来。

公无渡河

[相和歌辞·公无渡河] 佚名

公无渡河,公竟渡河!堕河而死,其奈公何!

据崔豹《古今注》记载,某天早晨,乐浪郡朝鲜县津卒霍里子高去撑船摆渡,望见一个白发披散的疯癫人提着葫芦一路狂奔,那人的妻子在后面追赶,却终是追赶不及,眼见那疯癫人奔进河里被活活淹死,她徘徊岸边,亦投河而死。据说霍里子高记下了她临终时的悲歌,回家说给妻子丽玉听,丽玉也很悲伤,就以箜篌拨弹曲子,传授给邻居女儿丽容。

朝鲜成为乐浪郡,匈奴被赶出祁连山,但西汉的美人,却仍免不了和亲的命运。

公元前108年,刘彻将公主嫁与乌孙王为右夫人。

乌孙国地处天山北麓，极盛时占有整个伊犁河流域和西天山的广大土地，庭帐设在赤谷城，它的北边就是匈奴。

在很长一段时间里，匈奴和大汉都在抢夺乌孙国的立场，于是西汉公主嫁为右夫人，匈奴女子嫁为左夫人。

要知道这样的和亲，都来之不易！

大约有十年左右，西汉都在劝说乌孙王联姻，乌孙王一直踌躇不决，和亲之议从元鼎年间一直搁置到元狩年间，才正式落成。

于是那一年，金枝玉叶的和亲公主前往乌孙国嫁与年老体弱的国王猎骄靡。她语言不通，水土不服，习俗不惯，说不尽的孤苦悲伤。

这可怜的美人就是江都公主刘细君。

乌孙公主歌

[杂歌谣辞·乌孙公主歌①]　　刘细君

吾家嫁我兮天一方，远托异国兮乌孙王。
穹庐为室兮旃为墙，以肉为食兮酪为浆。
居常土思兮心内伤，愿为黄鹄兮归故乡。

---

① 本诗也作《悲愁歌》《黄鹄歌》。——编者注

算起来，刘细君该叫刘彻一声叔公。

她的父亲是江都王刘建，祖父是刘彻的哥哥刘非。元狩二年，刘建企图谋反，事败，夫妻双双死去，留下三四岁的孤女刘细君。十三年后，罪臣之女刘细君踏上迢迢的和亲之路，在乌孙国大约生活了八年后死去。为巩固与乌孙的联盟，汉武帝又将另一位罪臣之女解忧公主嫁与乌孙国。

历史对刘细君和刘解忧没有太多的着墨，因为数十年以后，一个拥有惊人美貌的女子将嫁到匈奴，在边地胡尘间刻写她的名字，在大漠青冢里流传她的佳话。

在这数十年间，西汉与匈奴的关系时好时坏，如同未央宫上空的白云那般变幻不定。

而苦于兵役的人们早已厌倦了无休无止的征战。

战城南

[鼓吹曲辞·战城南]　佚名

战城南，死郭北，野死不葬乌可食。
为我谓乌：且为客豪！
野死谅不葬，腐肉安能去子逃？
水声激激，蒲苇冥冥；
枭骑战斗死，驽马徘徊鸣。
梁筑室，何以南？何以北？
禾黍不获君何食？愿为忠臣安可得？

> 思子良臣，良臣诚可思：
> 朝行出攻，暮不夜归！

战城南，死郭北！兵卒们如此，忠臣们又如何呢？

公元前100年，匈奴新单于即位，汉武帝派遣中郎将苏武率领一百多人前往祝贺，不料匈奴内乱，苏武被扣，长留匈奴。

公元前99年，李广之孙李陵，奉命率五千步兵与八万匈奴兵战于浚稽山，兵溃援绝被迫投降，亦长留匈奴。

苏武和李陵这两个汉家男儿，就此滞留匈奴十八年。

直到公元前82年。

匈奴与西汉的破冰时分再次来临。汉朝派人来接苏武，并想把李陵也接回去。临别之时，李陵摆了酒席，对苏武说："异域之人，一别长绝。"

李陵不肯回去。

他投降匈奴以后，因为武帝听信谣言，其母、弟、妻、子被全数诛杀。十几年的冰雪酷寒，冰冷了往事，也冰冻了他曾想报国的心。

据说，李陵在与苏武诀别之时，曾写下一组《苏武李陵赠答诗》（简称苏李诗），那是汉诗中的经典，可惜其真伪难以判断；据说，李陵还作有《答苏武书》，但其真实性同样被质疑。唯一可以确定的，是记录在《汉书》本传中的《别歌》，也就是《乐府诗集》中的这首《李陵歌》。

李陵歌

[别歌] 李陵

径万里兮度沙漠,为君将兮奋匈奴。
路穷绝兮矢刃摧,士众灭兮名已隤。
老母已死,虽欲报恩将安归?

李陵从此在异域度过余生,卒于公元前 74 年。
苏武回到了中原,卒于公元前 60 年。
而他们故国的老皇帝很早之前就去世了。
汉武帝生前求不得的天降祥瑞,在他去世之后翩翩来迟。

公元前 52 年,汉宣帝甘露二年,据说"凤皇、甘露降集京师",而此前数年,亦曾有"金芝九茎产于函德殿铜池中",被视为仙人降临的瑞兆。

上陵

[鼓吹曲辞·上陵] 佚名

上陵何美美,下津风以寒。
问客从何来?言从水中央。
桂树为君船,青丝为君笮,木兰为君棹,黄金错其间。
沧海之雀赤翅鸿,白雁随。
山林乍开乍合,曾不知日月明。

醴泉之水,光泽何蔚蔚。
芝为车,龙为马,览遨游,四海外。
甘露初二年,芝生铜池中,仙人下来饮,延寿千万岁。

传说"甘露"是"神露之精",味道甘美,和着玉屑^①自制一杯"神仙水",喝了可以长寿甚至登仙。汉武帝曾在少壮之年铸二十七丈高、以掌擎承露盘的金铜仙人,就是为了喝到这杯"神仙水",可惜直到他老死了也没有等来……

如今宣帝在位,仙人却大肆招摇地来了——金芝为车,桂树为船,登临宫殿,赐以甘露,这个宣帝多招仙人喜爱哪!

也或许,他是更招子民的喜爱吧。这个宣帝,就是被刘彻逼反自杀的废太子刘据之孙刘询。因为受到废太子巫蛊案的连累,他自小就在监狱里长大,吃尽了人间的苦,却意外收获到他太爷爷求而不得的甘露和深不可测的民心——子民们同情废太子,也爱戴他,故而为他少年时遨游诸陵写下这首诗,这大概也算是另一种形式的补偿吧。

宣帝之后,元帝即位,那就是多才多艺、柔懦多情的刘奭。后世的人们记得汉元帝,多数是因为一个女子。

公元前33年,匈奴呼韩邪单于朝汉,自请为婿,于是元帝的一个宫女被送上了匈奴的马车。那便是青史留名的王昭君——低徊顾影无颜色,尚得君王不自持。

---

① 玉屑,即玉的碎末。——编者注

从此，匈奴与西汉四十余年无战事。

公元前 32 年，送走美女王昭君的汉宫迎来了才女班婕妤。

她原名叫什么，已经没有人知道了，史上记载着她是左曹越骑校尉班况的女儿，史学家班固、班超和班昭的祖姑。她曾被封为汉成帝的婕妤，史上称她班婕妤或班姬。

班婕妤出身的班家是真正的名门大族，从战国末年到东汉中期数百年间，有许多名人自这个门庭走出。

但这样的出身并没有为她赢得一生的幸福。赵飞燕和赵合德姐妹入宫受宠后，才貌双全的班婕妤便失了宠。传说，失宠的班婕妤自请前往长信宫侍奉王太后，从此待在深宫，并作《怨歌行》感伤自己的身世。

怨歌行

[相和歌辞·怨歌行]　班婕妤

新裂齐纨素，皎洁如霜雪。
裁为合欢扇，团团似明月。
出入君怀袖，动摇微风发。
常恐秋节至，凉飙夺炎热。
弃捐箧笥中，恩情中道绝。

班婕妤的父亲班况，在汉武帝时抗击匈奴，驰骋疆场，立下汗马功劳。而她自幼聪慧，饱读诗书，但彼时的她知道，自己如秋后的团扇，再也得不到汉成帝的怜爱了——人生失意无南北啊！汉武帝的阿娇皇后是如此，汉元帝的王昭君是如此，汉成帝的班婕妤也是如此命运。

《怨歌行》是否真为班婕妤所作，其实颇有争议。但其中的感慨与悲伤，倒真似班婕妤的一生：她曾被汉成帝宠爱，却终被赵飞燕、赵合德夺宠——弃捐冷宫中，恩情中道绝。

赵飞燕和赵合德最后也都没有落得什么好下场。
汉成帝自己，也没有落得好下场，他无嗣，又英年早逝。

成帝的祖父宣帝在位时天降仙芝，他在位的时候却有数次灾异现世，齐人甘忠和弟子夏贺良因此宣扬成帝并非真命天子，又蛊惑汉哀帝"汉历中衰，当更受命"，一时人心纷纷动摇，天人感应的理论四处蔓延，《汉铙歌十八曲》就成于这样的时期。

铙歌就是军中的乐歌，传说它的源头可以一直追溯到黄帝、岐伯那儿。但本为"建威扬德，劝士讽敌"的《铙歌十八曲》，实际上内容庞杂，叙战阵的有之，记祥瑞的有之，表武功的有之，写爱情的，竟然也有。

一首是《有所思》。

有所思

〔鼓吹曲辞·有所思〕 佚名

有所思,乃在大海南。
何用问遗君,双珠玳瑁簪。
用玉绍缭之。
闻君有他心,拉杂摧烧之。
摧烧之,当风扬其灰!
从今以往,勿复相思,相思与君绝!
鸡鸣狗吠,兄嫂当知之。
妃(bēi)呼(xū)狶(xī)!
秋风肃肃晨风飔,东方须臾高知之!

一首是《上邪》。

上邪

〔鼓吹曲辞·上邪〕 佚名

上邪!我欲与君相知,长命无绝衰。
山无陵,江水为竭,冬雷震震,夏雨雪,天地合,乃
敢与君绝!

据说这两首乐府,实际上应该合为一篇。
写的人早佚了名,在历史的流沙中随风而逝。但是那样的

决绝和生辣，真是一颗保鲜千年的魂灵哪！这敢爱敢恨的人儿更干脆地表示：不管了，让老天来作主吧，若是冬雷、夏雪、山平、水竭，那就是老天不同意我们在一起，那时候再分开好了！

西汉人曾经是如此地相信天人感应。

《汉书·五行志》中，曾记载周幽王时"三川震，歧山崩"；汉惠帝时"江河水少，溪谷绝"，东汉安帝时"郡国十九冬雷"。

当时的人认定，所有种种，皆是天人感应，从普通子民的爱情婚姻，到天潢贵胄的权柄交替，桩桩件件，莫不是天意作主！

我们不晓得，那时候汉朝的天，会不会常常暗淡无光？

——西汉和乐府的运数，似已屈指可数。

公元前8年，无嗣的汉成帝刘骜不得不立侄子刘欣为储君，那便是汉哀帝。

公元前7年，汉哀帝裁撤乐府，当时的乐府员工总有八百余人，经过裁减，四百余人下岗散落民间，留下来的四百余人并入太乐机构。

一百二十年的乐府到这里缓缓地画了一个句号。

但世事仍然纷纭。

公元9年，王莽自立为皇帝，改国号为"新"，西汉亡。

公元 17 年，王匡、王凤率流民起义反莽，史称绿林军。

公元 21 年，樊崇率流民起义反莽，史称赤眉军。

公元 22 年，刘邦九世孙刘秀于舂陵起义反莽。

公元 23 年，西汉宗室刘玄被起义军拥立为帝，建元"更始"。

公元 25 年，刘秀与更始政权决裂，自己称帝，史称东汉。

东汉不再设乐府。

但"礼乐部门"因为政治的原因仍然到民间访听民谣，采诗回来。

采诗官们——姑且仍然这样叫他们——采来的大多数民谣仍然是无名者的吟唱，这些贩夫、走卒、奔忙在尘土中的小人物，唱出世间最真挚持久的声音。

比如思乡者之歌，述说着颠沛流离的人在异乡的苦恼。

悲歌

[杂曲歌辞·悲歌]　佚名

悲歌可以当泣，远望可以当归。
思念故乡，郁郁累累。
欲归家无人，欲渡河无船。
心思不能言，肠中车轮转。

比如北漂、南漂的人们四处讨生活的不易。

艳歌行

[相和歌辞·艳歌行]　佚名

翩翩堂前燕，冬藏夏来见，
兄弟两三人，流宕在他县。
故衣谁当补，新衣谁当绽？
赖得贤主人，览取为吾绽。
夫婿从门来，斜柯西北眄（miǎn）。
"语卿且勿眄，水清石自见。"
石见何累累，远行不如归。

比如诉说胡地戍卒怀归心绪的《古歌》。

古歌

[杂曲歌辞·古歌]　佚名

秋风萧萧愁杀人，出亦愁，入亦愁。
座中何人，谁不怀忧。
令我白头。
胡地多飚风，树木何修修。
离家日趋远，衣带日趋缓。
心思不能言，肠中车轮转。

比如，诉说孤儿无依无靠、遍尝辛苦的《孤儿行》。

孤儿行

[相和歌辞·孤儿行] 佚名

孤儿生，孤子遇生，命独当苦。
父母在时，乘坚车，驾驷马。
父母已去，兄嫂令我行贾。
南到九江，东到齐与鲁。
腊月来归，不敢自言苦。
头多虮虱，面目多尘。
大兄言办饭，大嫂言视马。
上高堂，行取殿下堂。
孤儿泪下如雨。
使我朝行汲，暮得水来归。
手为错，足下无菲。
怆怆履霜，中多蒺藜。
拔断蒺藜肠肉中，怆欲悲。
泪下渫渫，清涕累累。
冬无复襦，夏无单衣。
居生不乐，不如早去，下从地下黄泉。
春气动，草萌芽。
三月蚕桑，六月收瓜。
将是瓜车，来到还家。

瓜车反覆。助我者少,啖瓜者多。
愿还我蒂,兄与嫂严。
独且急归,当兴校计。
乱曰:里中一何譊(náo)譊,愿欲寄尺书,
将与地下父母,兄嫂难与久居。

在这些悲愁之外,也有别样声音。

比如,讲述"人生苦短不如行乐"、劝人多多想开的《善哉行》。

善哉行

[相和歌辞·善哉行] 佚名

来日大难,口燥唇干。今日相乐,皆当喜欢。经历名山,芝草翩翩。
仙人王乔,奉药一丸。自惜袖短,内手知寒。惭无灵辙,以救赵宣。
月没参横,北斗阑干。亲交在门,饥不及餐。欢日尚少,戚日苦多。
以何忘忧,弹筝酒歌。淮南八公,要道不烦。参驾六龙,游戏云端。

以及"黄金为门白玉为堂"高调炫富的《相逢行》。

相逢行

[相和歌辞·相逢行]　佚名

相逢狭路间，道隘不容车。
不知何年少？夹毂（gū）问君家。
君家诚易知，易知复难忘；
黄金为君门，白玉为君堂。
堂上置樽酒，作使邯郸倡。
中庭生桂树，华灯何煌煌。
兄弟两三人，中子为侍郎；
五日一来归，道上自生光；
黄金络马头，观者盈道傍。
入门时左顾，但见双鸳鸯；
鸳鸯七十二，罗列自成行。
音声何噰噰，鹤鸣东西厢。
大妇织绮罗，中妇织流黄；
小妇无所为，挟瑟上高堂：
"丈人且安坐，调丝方未央。"

甚至还有民间八卦、奇人异事和市井传闻。

东汉献帝年间发生在庐江郡的一桩婚姻悲剧，后来被录入乐府，那就是《孔雀东南飞》，又名《古诗为焦仲卿妻作》。

作为中国文学史上第一部长篇叙事诗，《孔雀东南飞》可以说是乐府诗发展史上的璀璨明珠，后来与北朝的《木兰诗》组成最强组合"乐府双璧"。

孔雀东南飞

[杂曲歌辞·孔雀东南飞] 佚名

汉末建安中,庐江府小吏焦仲卿妻刘氏,为仲卿母所遣,自誓不嫁。其家逼之,乃投水而死。仲卿闻之,亦自缢于庭树。时人伤之,为诗云尔。

孔雀东南飞,五里一徘徊。

"十三能织素,十四学裁衣。十五弹箜篌,十六诵诗书。十七为君妇,心中常苦悲。君既为府吏,守节情不移。贱妾留空房,相见常日稀。鸡鸣入机织,夜夜不得息。三日断五匹,大人故嫌迟。非为织作迟,君家妇难为!妾不堪驱使,徒留无所施。便可白公姥,及时相遣归。"

府吏得闻之,堂上启阿母:"儿已薄禄相,幸复得此妇。结发同枕席,黄泉共为友。共事二三年,始尔未为久。女行无偏斜,何意致不厚?"

阿母谓府吏:"何乃太区区!此妇无礼节,举动自专由。吾意久怀忿,汝岂得自由!东家有贤女,自名秦罗敷。可怜体无比,阿母为汝求。便可速遣之,遣去慎莫留!"

府吏长跪告:"伏惟启阿母,今若遣此妇,终老不复取!"

阿母得闻之,槌床便大怒:"小子无所畏,何敢助妇语!吾已失恩义,会不相从许!"

府吏默无声,再拜还入户。举言谓新妇,哽咽不能语:

"我自不驱卿,逼迫有阿母。卿但暂还家,吾今且报府。不久当归还,还必相迎取。以此下心意,慎勿违吾语。"

新妇谓府吏:"勿复重纷纭。往昔初阳岁,谢家来贵门。奉事循公姥,进止敢自专?昼夜勤作息,伶俜萦苦辛。谓言无罪过,供养卒大恩;仍更被驱遣,何言复来还!妾有绣腰襦,葳蕤自生光;红罗复斗帐,四角垂香囊;箱帘六七十,绿碧青丝绳,物物各自异,种种在其中。人贱物亦鄙,不足迎后人,留待作遗施,于今无会因。时时为安慰,久久莫相忘!"

鸡鸣外欲曙,新妇起严妆。著我绣夹裙,事事四五通。足下蹑丝履,头上玳瑁光。腰若流纨素,耳著明月珰。指如削葱根,口如含朱丹。纤纤作细步,精妙世无双。上堂拜阿母,阿母怒不止。"昔作女儿时,生小出野里。本自无教训,兼愧贵家子。受母钱帛多,不堪母驱使。今日还家去,念母劳家里。"却与小姑别,泪落连珠子。"新妇初来时,小姑始扶床;今日被驱遣,小姑如我长。勤心养公姥,好自相扶将。初七及下九,嬉戏莫相忘。"出门登车去,涕落百余行。

府吏马在前,新妇车在后。隐隐何甸甸,俱会大道口。下马入车中,低头共耳语:"誓不相隔卿,且暂还家去。吾今且赴府,不久当还归。誓天不相负!"

新妇谓府吏:"感君区区怀!君既若见录,不久望君来。君当作磐石,妾当作蒲苇。蒲苇纫如丝,磐石无转移。我有亲父兄,性行暴如雷,恐不任我意,逆以煎我怀。"举手长劳劳,二情同依依。

入门上家堂,进退无颜仪。阿母大拊掌,不图子自归:"十三教汝织,十四能裁衣,十五弹箜篌,十六知礼仪,十七遣汝嫁,谓言无誓违。汝今何罪过,不迎而自归?"兰芝惭阿母:"儿实无罪过。"阿母大悲摧。

还家十余日,县令遣媒来。云有第三郎,窈窕世无双。年始十八九,便言多令才。

阿母谓阿女:"汝可去应之。"

阿女含泪答:"兰芝初还时,府吏见丁宁,结誓不别离。今日违情义,恐此事非奇。自可断来信,徐徐更谓之。"

阿母白媒人:"贫贱有此女,始适还家门。不堪吏人妇,岂合令郎君?幸可广问讯,不得便相许。"

媒人去数日,寻遣丞请还,说有兰家女,承籍有宦官。云有第五郎,娇逸未有婚。遣丞为媒人,主簿通语言。直说太守家,有此令郎君,既欲结大义,故遣来贵门。

阿母谢媒人:"女子先有誓,老姥岂敢言!"

阿兄得闻之,怅然心中烦。举言谓阿妹:"作计何不量!先嫁得府吏,后嫁得郎君。否泰如天地,足以荣汝身。不嫁义郎体,其往欲何云?"

兰芝仰头答:"理实如兄言。谢家事夫婿,中道还兄门。处分适兄意,那得自任专!虽与府吏要,渠会永无缘。登即相许和,便可作婚姻。"

媒人下床去。诺诺复尔尔。还部白府君:"下官奉使命,言谈大有缘。"府君得闻之,心中大欢喜。视历复开书,便利此月内,六合正相应。良吉三十日,今已二十七,卿可去成婚。交语速装束,络绎如浮云。青雀白鹄舫，四角龙子幡。婀娜随风转，金车玉作轮。踯躅青骢马，流苏金镂鞍。赍钱三百万，皆用青丝穿。杂彩三百匹，交广市鲑珍。从人四五百，郁郁登郡门。

阿母谓阿女："适得府君书，明日来迎汝。何不作衣裳？莫令事不举！"

阿女默无声，手巾掩口啼，泪落便如泻。移我琉璃榻，出置前窗下。左手持刀尺，右手执绫罗。朝成绣夹裙，晚成单罗衫。晻晻日欲暝，愁思出门啼。

府吏闻此变，因求假暂归。未至二三里，摧藏马悲哀。新妇识马声，蹑履相逢迎。怅然遥相望，知是故人来。举手拍马鞍，嗟叹使心伤："自君别我后，人事不可量。果不如先愿，又非君所详。我有亲父母，逼迫兼弟兄。以我应他人，君还何所望！"

府吏谓新妇："贺卿得高迁！磐石方且厚，可以卒千年；蒲苇一时纫，便作旦夕间。卿当日胜贵，吾独向黄泉！"

新妇谓府吏："何意出此言！同是被逼迫，君尔妾亦然。黄泉下相见，勿违今日言！"执手分道去，各各还家门。生人作死别，恨恨那可论？念与世间辞，千万不复全！

府吏还家去，上堂拜阿母："今日大风寒，寒风摧树木，严霜结庭兰。儿今日冥冥，令母在后单。故作不良计，勿复怨鬼神！命如南山石，四体康且直！"

阿母得闻之，零泪应声落："汝是大家子，仕宦于台阁。慎勿为妇死，贵贱情何薄！东家有贤女，窈窕艳城郭，阿母为汝求，便复在旦夕。"

府吏再拜还，长叹空房中，作计乃尔立。转头向户里，渐见愁煎迫。
其日牛马嘶，新妇入青庐。奄奄黄昏后，寂寂人定初。"我命绝今日，魂去尸长留！"揽裙脱丝履，举身赴清池。
府吏闻此事，心知长别离。徘徊庭树下，自挂东南枝。
两家求合葬，合葬华山傍。东西植松柏，左右种梧桐。
枝枝相覆盖，叶叶相交通。中有双飞鸟，自名为鸳鸯。
仰头相向鸣，夜夜达五更。行人驻足听，寡妇起彷徨。
多谢后世人，戒之慎勿忘。

《孔雀东南飞》很长，很长。那大概是到那时为止，人们所能见到的最长的叙事诗了……

那是献帝建安年间，那是东汉的末年。

那是越来越混乱的年代。

在洛阳城的富人区——上东门内，贵族们"黄金为门白玉为堂"，衣服、车马、装饰、庐舍都攀比豪华；小民们却饥不得食，盘中无米、架上无衣。

老实人被逼得横起心来，提剑去了富人区……

东门行

[相和歌辞·东门行]　佚名

出东门，不顾归。

> 来入门,怅欲悲。
> 盎中无斗米储,还视架上无悬衣。
> 拔剑东门去,舍中儿母牵衣啼:
> "他家但愿富贵,贱妾与君共哺糜。
> 上用仓浪天故,下当用此黄口儿。今非!"
> "咄!行!吾去为迟!白发时下难久居。"

可怜时势把人逼到了这个地步!
零星的暴动已此起彼伏。

公元183年,诸郡大旱。太平道①首领巨鹿张角,喊出"苍天已死,黄天当立,岁在甲子,天下大吉"的口号。第二年,张角称天公将军,他的另两个兄弟张宝称地公将军,张梁称人公将军,大旗一挥各地响应,零星的暴动终于汇成了一股狂流。

天下大乱了。
在这大乱中,曹操迅速崛起。

公元208年,五十四岁的曹操拜相。
他的雄心壮志正烈烈燃烧。
朝廷无三公,丞相曹操便是一人之下,万人之上——多么像当年的周公。

---

① 东汉末年,张角创立了太平道这一组织,主要受《太平经》影响,并提出"致太平"的理想。——编者注

短歌行

[相和歌辞·短歌行（其一）] 曹操①

对酒当歌，人生几何！譬如朝露，去日苦多。慨当以慷，忧思难忘。何以解忧？唯有杜康。青青子衿，悠悠我心。但为君故，沉吟至今。呦呦鹿鸣，食野之苹。我有嘉宾，鼓瑟吹笙。明明如月，何时可掇？忧从中来，不可断绝。越陌度阡，枉用相存。契阔谈䜩，心念旧恩。月明星稀，乌鹊南飞。绕树三匝，何枝可依？山不厌高，海不厌深。周公吐哺，天下归心。

如果每个人的一生都是一樽酒，那么曹操手里的这樽，无疑比很多人的，都要醇厚浓烈，百味杂陈。

彼时，曹操还没有逢着赤壁大败。

他二十岁从小小的洛阳北部尉出身，几十年南征北战，打张角、打董卓、打吕布、打袁术，打得诸侯闻风失色，皇室赖他保全——没有了他，东汉可能早就谢幕了。可是东汉谢幕也是因为有他啊！

公元220年，六十六岁的曹操在洛阳病逝。

九个月后，他的儿子曹丕逼汉帝禅位，江山改姓曹氏——东汉灭亡，曹魏新立，这原本也只是或迟、或早的事。

---

① 《短歌行》是汉乐府的旧题，乐府里收录其同名诗约二十多首，最早的是曹操这首。——编者注

那时候，是否有人会想到，这不是混乱的结束，而是混乱的开始，中原将逐渐走入史无前例的三百六十年的大混乱中。

那莽莽苍苍的混沌里，飘荡着来无踪去无处的微吟：

生年不满百，常怀千岁忧。昼短苦夜长，何不秉烛游！……

有人说，那不朽的《古诗十九首》是无名者写的，也有人说，那是独得天下八斗才的无双才子曹植和他同样有才的朋友们写的。无论如何，从此，中国的诗，将逐渐告别无名诗人的时代，而向着拥有版权的、有署名的文人诗时代飞奔而去，那里，站着魏晋的曹植谢安、盛唐的李白杜甫、大宋的东坡稼轩，以及无以计数的、有名有姓的诗人们。

肆

六朝诗

人生不满百，何怀千岁忧

《古诗十九首》是诗史上的千古谜题，没有人知道写这些诗的人是谁——能写出这样伟大作品的人，他不会无名，他不可能无名！

历史上的六朝很清晰,从曹魏建国到大隋统一,367年,合久必分,分久必合,引无数英雄竞出招。

可是说起六朝诗的才子们,时间线还要再往前面推一推。

公元146年,汉桓帝即位。

公元168年,汉桓帝驾崩,汉灵帝即位。

这个时候,东汉的政治和民生已经败坏得一塌糊涂。

汉灵帝建宁三年的记载中有"河内人妇食夫,河南人夫食妇"的恐怖记录。农村荒废,城市骚乱,据说商人十倍于农夫,流浪者又十倍于商人,各地军阀割据混战,求取功名的读书人奔走于没有秩序的各种势力之间。

这样的末世乱象,已经有数十年光景。

但末世的泥泞中竟开出绝艳的奇葩。

在这最黑暗污浊的世间，极其有名的《古诗十九首》横空出世，如一颗耀眼的启明星，出现在东方鱼肚白的天空。

古诗十九首

〔行行重行行〕

行行重行行，与君生别离。
相去万余里，各在天一涯。
道路阻且长，会面安可知？
胡马依北风，越鸟巢南枝。
相去日已远，衣带日已缓；
浮云蔽白日，游子不顾反。
思君令人老，岁月忽已晚。
弃捐勿复道，努力加餐饭。

〔青青河畔草〕

青青河畔草，郁郁园中柳。
盈盈楼上女，皎皎当窗牖（yǒu）。
娥娥红粉妆，纤纤出素手。
昔为倡家女，今为荡子妇。
荡子行不归，空床难独守。

〔青青陵上柏〕

青青陵上柏,磊磊涧中石。
人生天地间,忽如远行客。
斗酒相娱乐,聊厚不为薄。
驱车策驽马,游戏宛与洛。
洛中何郁郁,冠带自相索。
长衢罗夹巷,王侯多第宅。
两宫遥相望,双阙百余尺。
极宴娱心意,戚戚何所迫。

〔今日良宴会〕

今日良宴会,欢乐难具陈。
弹筝奋逸响,新声妙入神。
令德唱高言,识曲听其真。
齐心同所愿,含意俱未申。
人生寄一世,奄忽若飙尘。
何不策高足,先据要路津。
无为守穷贱,轗(kǎn)轲长苦辛。

〔西北有高楼〕

西北有高楼,上与浮云齐。
交疏结绮窗,阿阁三重阶。
上有弦歌声,音响一何悲!

谁能为此曲，无乃杞梁妻。
清商随风发，中曲正徘徊。
一弹再三叹，慷慨有余哀。
不惜歌者苦，但伤知音稀。
愿为双鸿鹄，奋翅起高飞。

〔涉江采芙蓉〕

涉江采芙蓉，兰泽多芳草。
采之欲遗谁，所思在远道。
还顾望旧乡，长路漫浩浩。
同心而离居，忧伤以终老。

〔明月皎夜光〕

明月皎夜光，促织鸣东壁。
玉衡指孟冬，众星何历历。
白露沾野草，时节忽复易。
秋蝉鸣树间，玄鸟逝安适。
昔我同门友，高举振六翮（hé）。
不念携手好，弃我如遗迹。
南箕北有斗，牵牛不负轭。
良无盘石固，虚名复何益。

〔冉冉孤生竹〕

冉冉孤生竹,结根泰山阿。
与君为新婚,兔丝附女萝。
兔丝生有时,夫妇会有宜。
千里远结婚,悠悠隔山陂。
思君令人老,轩车来何迟!
伤彼蕙兰花,含英扬光辉。
过时而不采,将随秋草萎。
君亮执高节,贱妾亦何为?

〔庭中有奇树〕

庭中有奇树,绿叶发华滋。
攀条折其荣,将以遗所思。
馨香盈怀袖,路远莫致之。
此物何足贵?但感别经时。

〔迢迢牵牛星〕

迢迢牵牛星,皎皎河汉女。
纤纤擢素手,札札弄机杼。
终日不成章,泣涕零如雨。
河汉清且浅,相去复几许?
盈盈一水间,脉脉不得语。

[回车驾言迈]

回车驾言迈,悠悠涉长道。
四顾何茫茫,东风摇百草。
所遇无故物,焉得不速老?
盛衰各有时,立身苦不早。
人生非金石,岂能长寿考?
奄忽随物化,荣名以为宝。

[东城高且长]

东城高且长,逶迤自相属。
回风动地起,秋草萋已绿。
四时更变化,岁暮一何速!
晨风怀苦心,蟋蟀伤局促。
荡涤放情志,何为自结束?
燕赵多佳人,美者颜如玉。
被服罗裳衣,当户理清曲。
音响一何悲! 弦急知柱促。
驰情整中带,沈吟聊踯躅。
思为双飞燕,衔泥巢君屋。

[驱车上东门]

驱车上东门,遥望郭北墓。
白杨何萧萧,松柏夹广路。

下有陈死人，杳杳即长暮。
潜寐黄泉下，千载永不寤。
浩浩阴阳移，年命如朝露。
人生忽如寄，寿无金石固。
万岁更相迭，贤圣莫能度。
服食求神仙，多为药所误。
不如饮美酒，被服纨与素。

〔去者日以疏〕

去者日以疏，生者日已亲。
出郭门直视，但见丘与坟。
古墓犁为田，松柏摧为薪。
白杨多悲风，萧萧愁杀人。
思归故里闾，欲归道无因。

〔生年不满百〕

生年不满百，常怀千岁忧。
昼短苦夜长，何不秉烛游！
为乐当及时，何能待来兹。
愚者爱惜费，但为后世嗤。
仙人王子乔，难可与等期。

〔凛凛岁云暮〕

凛凛岁云暮,蝼蛄夕鸣悲。
凉风率已厉,游子寒无衣。
锦衾遗洛浦,同袍与我违。
独宿累长夜,梦想见容辉。
良人惟古欢,枉驾惠前绥。
愿得常巧笑,携手同车归。
既来不须臾,又不处重闱。
亮无晨风翼,焉能凌风飞?
眄睐以适意,引领遥相睎。
徙倚怀感伤,垂涕沾双扉。

〔孟冬寒气至〕

孟冬寒气至,北风何惨栗。
愁多知夜长,仰观众星列。
三五明月满,四五蟾兔缺。
客从远方来,遗我一书札。
上言长相思,下言久离别。
置书怀袖中,三岁字不灭。
一心抱区区,惧君不识察。

〔客从远方来〕

客从远方来,遗我一端绮。

相去万余里，故人心尚尔！
文彩双鸳鸯，裁为合欢被。
著以长相思，缘以结不解。
以胶投漆中，谁能别离此？

[明月何皎皎]

明月何皎皎，照我罗床帏。
忧愁不能寐，揽衣起徘徊。
客行虽云乐，不如早旋归。
出户独彷徨，愁思当告谁？
引领还入房，泪下沾裳衣。

《古诗十九首》是诗史上的千古谜题。

没有人知道写这些诗的人是谁——能写出这样伟大作品的人，他不会无名，他不可能无名！

他和汉乐府那些佚名作者显然不同。

这些诗不像佚名乐府们忽而四言、忽而杂言，忽而三句半、忽而超超超长篇，它们整齐划一，统统五字一句，最短八句，最长二十句，蕴藉含蓄，深藏不露，对偶用典更是信手拈来，将文字玩转于笔墨之间……

后世的人们费了很大的劲才彼此说服：《古诗十九首》，并非一人、一时之作，可能在东汉桓帝时代就开始写了，从第一首到最后一首,可能横跨了十几年,甚至几十年。

它们也不止十九首。和萧统同时代的钟嵘曾经评论过那时候的古诗,他说至少有五十九首。

萧统选了十九首。

是因为除了这十九首再也挑不出来了吗?

也许不是的,也许只是因为,十九,恰是"一章"——这个古人历法中的天之大数,表述了阴数之极和阳数之极,汉人说"十九",原是说千年、万年以至永远。①

这些古诗是"诗之精华,尽极于斯",从前没有,以后也不会再有——这大概是藏在标题后面,萧统没有明说的话。

而它,也确实当得起这样低调的赞美。

写《文心雕龙》的刘勰说古诗十九首是"五言之冠冕"。它不但是五言诗的巅峰,还是诗史上的拐点——

从前的诗是"佚名"写的,以后的诗是"文人"写的。

从这组神秘的古诗开始,越来越多的文人们开始热衷于写诗,诗才渐渐成为一个文人的标配技能。

而最先崭露头角的,是建安时代的文人们。

---

① "十九"为至大的观点参考自《"古诗"何以"十九首"》(辛德勇先生于2019年4月1日在北京师范大学文学院发表的讲演实录)。——作者注

公元 192 年。

四月，司徒王允联合吕布杀死董卓，董卓麾下的凉州众将联兵攻入长安。五月，长安城陷入兵乱，有一个十六岁的少年夹在避难的人群里逃往荆州，途中写下《七哀诗》三首。

这三首诗中，尤以其中第一首更广为人知，它真实再现了悲惨乱世中民为战争所苦的画面。

王粲

[七哀诗三首（其一）] 王粲

西京乱无象，豺虎方遘（gòu）患。
复弃中国去，委身适荆蛮。
亲戚对我悲，朋友相追攀。
出门无所见，白骨蔽平原。
路有饥妇人，抱子弃草间。
顾闻号泣声，挥涕独不还。
"未知身死处，何能两相完？"
驱马弃之去，不忍听此言。
南登霸陵岸，回首望长安，
悟彼下泉人，喟然伤心肝。

这少年就是"建安七子"[①]里顶有才的王粲。

---

① 建安七子，即孔融、陈琳、王粲、徐干、阮瑀、应玚、刘桢。——作者注

据说王粲小的时候，文艺界大佬蔡邕见过他一面，惊为奇才。后来王粲求见蔡邕时，蔡邕竟然丢下满屋子的客人，跑去接这个小孩……可憾的是，他们人生的交集就止于这一年的长安之乱，王粲避难荆蛮，蔡邕逝于狱中。

此后王粲客居荆州十余年，然而他在刘表手下却一直得不到重用。直到建安十三年，曹操大军进攻荆州，刘表病卒，其子投降，王粲与曹操方有惺惺相遇的一段。后来曹操封了魏王，王粲也封了关内侯。

建安二十二年，深受魏王父子倚重的王粲病逝，魏王世子召集王粲的生前好友，为他学驴叫送葬：
"仲宣平日最爱听驴叫，我们学学驴叫，送他一程吧！"

这位与王粲有非常交情的魏王世子，就是曹丕。

曹丕

建安年间最有名气的才子，除了七子，还有三曹——曹操和他的两个儿子曹丕、曹植。

公元207年，曹操北征乌桓，曹丕留守邺城。
据说，曹丕的巅峰之作《燕歌行》就写于此时。

[燕歌行二首（其一）] 曹丕

秋风萧瑟天气凉，草木摇落露为霜，群燕辞归鹄南翔。念君客游思断肠，慊慊思归恋故乡，君何淹留寄他方？贱妾茕茕守空房，忧来思君不敢忘，不觉泪下沾衣裳。援琴鸣弦发清商，短歌微吟不能长。明月皎皎照我床，星汉西流夜未央。牵牛织女遥相望，尔独何辜限河梁。

《燕歌行》本是乐府古题，和《齐讴行》《吴趋行》类似，咏唱的是古燕国的故事——自古以来它就是战区，荆轲刺秦王便是从燕南易水出发，饮马的长城窟也是在这一带……那调子中的悲凉，几乎是与生俱来的。

而乌桓，就在古燕国附近。

曹操带着爱子曹植南征北战，把他这长子留在了邺城。

是年曹丕二十一岁，他的才华也不输父亲和兄弟，其诗歌形式多样，以五言、七言为长，尤其是《燕歌行》成为后世七言诗的模本。

十年后，他被立为世子。

又三年后，曹丕君临天下，结束了早已有名无实的东汉王朝，成为魏文帝。曹魏王朝开始了。

那是公元 220 年。

曹丕的上位，来得极其不易。

他的弟弟曹植，才华高得令人心惊胆寒，而父亲的偏爱也让曹丕心灰意冷。

这对亲生兄弟曾为世子之位争斗得死去活来，兄弟阋于墙，朝中僚属们纷纷站队，双方相互陷害，势同水火。

最后，曹丕登上了王座，而曹植则过上了受尽猜忌、"十一年中而三徙都"的日子。

公元228年，在雍丘的刺骨寒风中，伫立着一个容貌憔悴的男子。

曹植

那是从雍丘徙封浚仪才一年的曹植，又被责令徙还雍丘了。

据说，苦闷的曹植曾作琴瑟调歌，写成《吁嗟篇》。

[吁嗟篇]　　曹植

吁嗟此转蓬，居世何独然。长去本根逝，宿夜无休闲。
东西经七陌，南北越九阡。卒遇回风起，吹我入云间。
自谓终天路，忽然下沉渊。惊飚接我出，故归彼中田。
当南而更北，谓东而反西。宕宕当何依，忽亡而复存。
飘飘周八泽，连翩历五山。流转无恒处，谁知吾苦艰。
愿为中林草，秋随野火燔。糜灭岂不痛，愿与根荄（gāi）连。

"转蓬"是遍地可见的野草，秋日干枯后随风飘扬，一点作不得主，曹植这几年中身不由己地来回迁徙，虽身为王公贵族，却与这微贱的转蓬何其类似！

他能文能武，如瑚琏之器，有高世之才，这样的失败者对上位者来说是最大的威胁，而曹植本身苟活于皇兄帝侄间，偏偏又不肯藏起来韬晦，他热切地想要参政议政，"每欲求别见独谈，论及时政，幸冀试用，终不能得。既还，怅然绝望"。长久的怅然绝望中，曹植终于抑郁成疾。

公元232年，四十一岁的曹植英年早逝。

至此，建安时代最负盛名的七子、三曹全部谢幕退场。

正始时代的竹林七贤[①]登场了。
其中排于前列的，便是善作青白眼的阮籍。

阮籍

曹植去世的这一年，阮籍刚刚二十出头。

《世说新语》里有许多关于阮籍的故事。服丧时大吃大喝的是他，醉眠在酒铺美妇人足边的是他，大醉60天逃避和司马氏联姻的也是他。

---

① 竹林七贤，即嵇康、阮籍、山涛、向秀、刘伶、王戎、阮咸。——编者注

他最著名的轶事，是"哭"——一个大男人的哭为什么能引无数后人竞折腰呢？成人的世界里这不是顶可耻的一个事吗？

那得看谁哭。

据说阮籍常常驾着车乱走，"率意独驾，不由径路，车迹所穷，辄恸哭而返"。

他哭，是因为心里太绝望了。

年少之时，阮籍曾在广武城头发出"时无英雄，使竖子成名"的壮言，成年以后却发现在司马氏和曹氏的夹缝中，他根本无路可走。他沉默了，不再有豪言壮志，佯狂诈醉中，他把所有的痛苦和憋闷，断断续续写成了隐晦曲折的组诗，那就是著名的《咏怀八十二首》。

[咏怀八十二首（其一）] 阮籍

夜中不能寐，起坐弹鸣琴。
薄帷鉴明月，清风吹我襟。
孤鸿号外野，翔鸟鸣北林。
徘徊将何见？忧思独伤心。

算起来，汉末建安以来，阮籍是头一个全力创作五言诗的诗人。"咏怀"这个独立的主题从此成为诗人们的心头好，后来左思、陶潜，直至陈子昂、李白的诗里都可以找到阮籍的影子。

公元263年，阮籍带着满心的不情愿替司马昭写完《劝进表》不久，便长辞人间，和他一起亡去的，是司马昭重兵压境下的西蜀。

公元265年，雄心勃勃的司马氏在权力的巅峰又前进一步，司马炎依曹魏旧事画葫芦，逼魏元帝曹奂禅位，自己当上了晋武帝。

曹魏灭亡，晋朝开始了。

那是兵连祸结、朝不知夕的时代。但，那也是有左思、陆机、王羲之、谢安、陶渊明等江左名士的时代。

公元272年。

一个叫左棻的女子因才名远播被选入晋武帝的后宫，其娘家举家迁居洛阳。十年后，一篇壮丽的辞赋刷爆了整个洛阳城。那是左棻的哥哥写的——因为这篇《三都赋》①，成语界从此有了"洛阳纸贵"这个词。

他叫左思，字太冲。据说才极高而貌极丑。

左思

左思丑到什么程度呢？

---

① 据今人傅璇琮考证，《三都赋》成于太康元年（280年）灭吴之前。此外，今人姜亮夫认为作于291年（《陆平原年谱》），刘文忠认为作年"难以确定"（《中国历代著名文学家评传·左思》）。——作者注

《世说新语》里记载：

美男子潘岳一出门就有无数的人堵着他赞叹围观，往他身上塞鲜花水果。左思有样学样地上街了，结果，大家围着他谩骂追打，无数的烂柿子臭鸡蛋砸将上来，左思逃回家，"形容委顿"。

因为丑，父亲逢人就说自己这孩子好像智力有点问题；
因为丑，陆机嘲笑他"这人也想写赋？那白瞎的纸还不如给我盖酒坛子得了"。
……

在魏晋这样一个颜值即正义的时代，左思着实不易。
好在，他还可以用才华怒刷存在感。

[咏史] 左思

郁郁涧底松，离离山上苗。
以彼径寸茎，荫此百尺条。
世胄蹑高位，英俊沉下僚。
地势使之然，由来非一朝。
金张藉旧业，七叶珥汉貂。
冯公岂不伟，白首不见招。

写赋，他"纸贵洛阳"；写诗，他"古今难比"；据说琴曲《招隐》和《山中思友人》也是他作的……如此才华，他自然觉得可以"左眄澄江湘,右盼定羌胡"了!可惜他忘记了自己的出身。

从曹魏时代开始推行的"九品中正制"[1],在西晋时代仍然坚不可摧,朝廷举拔贤良,唯问中正,像陆机那样的"世胄"才能"蹑高位",像左思这样的寒门"英俊",逃不了"沉下僚"的命运啊!

可是命运的安排又何其狡黠。
数年以后,陆机和左思将在同一年殒命。

他们都有着耀眼的才华。
他们的才华都曾让整个京都为之疯狂。

公元280年,后汉三国中支撑最久的孙吴被晋所灭。孙吴的才子猛将们入晋为官。

公元289年,陆机兄弟来到洛阳,时称"二陆入洛,三张[2]减价"。

陆机

陆机身世高贵,是孙吴丞相陆逊的孙子,孙吴灭亡后他做了

---

[1] 九品中正制是魏晋南北朝时期重要的选官制度,创立之初,评议人物的标准是家世、道德、才能三者并重,曾在一定程度上起到了选拔人才的积极作用,但后期逐渐被门阀世族把持。——编者注
[2] 三张,即张载、张协、张亢兄弟。——编者注

晋朝的官，历任平原内史、祭酒、著作郎等职，世称"陆平原"。

他"少有奇才，文章冠世"，会打仗，能写诗，书法也是一流——他的《平复帖》是中国古代存世最早的名人书法真迹。

他还有个同样有名的弟弟陆云，兄弟合称"二陆"，世人望之皆似神仙中人。

七百多年后，北宋也有一对著名的才子兄弟，哥哥苏轼曾写道："似二陆初来俱少年。"

与苏大哥的"明月几时有"有异曲同工之妙的是，陆大哥也曾写有"明月何皎皎"：

[拟明月何皎皎]　陆机

安寝北堂上，明月入我牖。
照之有余辉，揽之不盈手。
凉风绕曲房，寒蝉鸣高柳。
踟蹰感节物，我行永已久。
游宦会无成，离思难常守。

多么高华皎洁、不染纤尘的诗句！若不是太早殒命，二陆的神仙往事还可以留下更多，更多。

可惜，陆机卷进了"八王之乱"①，太安二年，他率军讨伐长

---

① 八王之乱是发生于西晋时期的一场皇族之间为争夺中央政权而引发的内乱，西晋皇族中有八王为主要参与者，实际参与动乱的王不止八个，这场内乱导致西晋亡国以及近三百年的动乱。——编者注

沙王司马乂（yì），大败于七里涧，最终被小人谗害，在军中被就地处死，陆云随后遇害，陆家被夷三族。

据说陆机死的时候，有那么著名的一叹："欲闻华亭鹤唳，可复得乎！"

他不但再听不到华亭鹤唳，也再不能尝到"未下盐豉"的"千里莼羹"。

宿命乎？时运乎？

和陆机同时，有一个他的老乡，因为顾念着"未下盐豉"的"千里莼羹"，不但保全了性命，而且千古留名。

陆机的这个老乡，叫张翰。

张翰

张翰也出自高门大族，他是留侯张良的后裔，父亲是孙吴的大鸿胪张俨。天纪四年孙吴灭亡，他和陆机一样远赴洛阳，做了晋朝的官。

只是，亡国之痛始终在张翰的心底盘旋。

公元302年秋天，已经做到齐王东曹掾的张翰，忽然做了一个重要的决定：天气这么好，我要回苏州吃鲈鱼脍、喝菜汤去！

［思吴江歌］　张翰

秋风起兮木叶飞，吴江水兮鲈鱼肥。
三千里兮家未归，恨难禁兮仰天悲。

这便是被后世解读为思乡情感以及抒发政治苦闷的成语"莼鲈之思"的由来。

张翰说走就走，挥挥衣袖就回了江南。不久以后，齐王兵败，张翰竟因此捡得一条性命。

《世说新语》里有一段绘声绘色的马后炮描述：

"张季鹰（张翰，字季鹰）辟齐王东曹掾，在洛，见秋风起，因思吴中菰菜羹、鲈鱼脍，曰：'人生贵得适意尔，何能羁宦数千里以要名爵？'遂命驾便归。俄而齐王败，时人皆谓见机。"

张翰未必是个纯吃货，也未必提前猜到了齐王要打败仗——他其实更像心里藏了很多事的阮籍，也恃才放浪，也佯狂避祸，他是"江东步兵"，是个善于保身的聪明人。

张翰生于吴郡吴县，陆机生于吴郡横山。他们都是苏州人。江左风流的大幕拉开了。

公元 318 年。
晋室臣民的唯一希望——琅琊王司马睿，在建康登基为晋元帝。
始终追随支持他的，是琅琊王氏。
王衍、王戎、王导、王羲之、王献之这些闪耀的名字，全部出自琅琊王氏。

但王家子弟纵然有着"风流千古"的无上才华和"王与马共天下"的无上权势，竟也有难言的隐痛。

公元373年，晋孝武帝的妹妹新安公主缠着太后和皇帝，定要嫁给王羲之的第七子王献之。对，就是那个与他老子齐名并称"二王"的子敬。

王献之

那时候，王献之已有了他挚爱的妻子郗道茂。
他不明白这样的"殊荣"如何会降临到自己的身上。

他谢绝，无效；抗议，无效；接着故意拿艾草烧残双足，落下终生的残疾，仍然无效……他被迫休妻别娶。

很久以后，王献之纳了一位年少的女子桃叶为妾。他很宠爱桃叶，亲自迎送她到渡口，因此留下那著名的《桃叶歌》。

[桃叶歌（节选）]　　王献之

桃叶复桃叶，桃树连桃根。相怜两乐事，独使我殷勤。
桃叶复桃叶，渡江不用楫。但渡无所苦，我自迎接汝。

据说，桃叶长得像他的前妻。

王献之一生都放不下这件事。

他有时候给她写信，无头，无尾，没有落款，不写是寄给谁的，大概也从来没有寄出去过，他在信里写：

"我原希望和你白头偕老，哪想到竟会有这种事！……直到我死了，才能忘了你。"

王献之去世的时候，四十三岁。旁人问他心里还有什么放不下的，他说：

"不觉有余事，惟忆与郗家离婚。"

这句话，让人长叹息。

问世间，情为何物。
自古而今，无分男女，痴情人原是一样的苦。

那时还有一个叫子夜的女子，也传下了一个哀婉的故事。

子夜

据说，子夜是太元时人，有才而多愁，被迫与爱人分离后，写了一组极其伤感的《子夜歌》。

〔子夜歌〕 子夜

落日出前门，瞻瞩见子度。冶容多姿鬓，芳香已盈路。

芳是香所为，冶容不敢当。天不绝人愿，故使侬见郎。
宿昔不梳头，丝发披两肩。婉伸郎膝上，何处不可怜。
自从别欢来，奁器了不开。头乱不敢理，粉拂生黄衣。
崎岖相怨慕，始获风云通。玉林语石阙，悲思两心同。
见娘喜容媚，愿得结金兰。空织无经纬，求匹理自难。
始欲识郎时，两心望如一。理丝入残机，何悟不成匹。
前丝断缠绵，意欲结交情。春蚕易感化，丝子已复生。
今夕已欢别，合会在何时？明灯照空局，悠然未有期。
自从别郎来，何日不咨嗟。黄檗郁成林，当奈苦心多。
高山种芙蓉，复经黄檗坞。果得一莲时，流离婴辛苦。
朝思出前门，暮思还后渚。语笑向谁道，腹中阴忆汝。
揽枕北窗卧，郎来就侬嬉。小喜多唐突，相怜能几时。
驻箸不能食，蹇蹇步闱里。投琼著局上，终日走博子。
郎为傍人取，负侬非一事。摛门不安横，无复相关意。
年少当及时，蹉跎日就老。若不信侬语，但看霜下草。
绿揽迮题锦，双裙今复开。已许腰中带，谁共解罗衣。
常虑有贰意，欢今果不齐。枯鱼就浊水，长与清流乖。
欢愁侬亦惨，郎笑我便喜。不见连理树，异根同条起。
感欢初殷勤，叹子后辽落。打金侧玳瑁，外艳里怀薄。
别后涕流连，相思情悲满。忆子腹糜烂，肝肠尺寸断。
道近不得数，遂致盛寒违。不见东流水。何时复西归。
谁能思不歌？谁能饥不食？日冥当户倚，惆怅底不忆？
揽裙未结带，约眉出前窗。罗裳易飘飏，小开骂春风。
举酒待相劝，酒还杯亦空。愿因微觞会，心感色亦同。
夜觉百思缠，忧叹涕流襟。徒怀倾筐情，郎谁明侬心。
侬年不及时，其於作乖离。素不如浮萍，转动春风移。

夜长不得眠，转侧听更鼓。无故欢相逢，使侬肝肠苦。
欢从何处来？端然有忧色。三唤不一应，有何比松柏？
念爱情慊慊，倾倒无所惜。重帘持自鄣，谁知许厚薄。
气清明月朗，夜与君共嬉。郎歌妙意曲，侬亦吐芳词。
惊风急素柯，白日渐微蒙。郎怀幽闺性，侬亦恃春容。
夜长不得眠，明月何灼灼。想闻散唤声，虚应空中诺。
人各既畴匹，我志独乖违。风吹冬帘起，许时寒薄飞。
我念欢的的，子行由豫情。雾露隐芙蓉，见莲不分明。
侬作北辰星，千年无转移。欢行白日心，朝东暮还西。
怜欢好情怀，移居作乡里。桐树生门前，出入见梧子。
遣信欢不来，自往复不出。金铜作芙蓉，莲子何能实。
初时非不密，其后日不如。回头批栉脱，转觉薄志疏。
寝食不相忘，同坐复俱起。玉藕金芙蓉，无称我莲子。
恃爱如欲进，含羞未肯前。朱口发艳歌，玉指弄娇弦。
朝日照绮钱，光风动纨素。巧笑倩两犀，美目扬双蛾。

《宋书·乐志》里说：这歌极其哀苦，不但感动人，也感动"鬼"，东晋豪门往往夜半有"鬼"唱这歌……

"晋孝武太元中，琅琊王轲之家有鬼歌子夜，殷允为豫章，豫章侨人庚僧虔家亦有鬼歌子夜。"

《子夜歌》有四十二首，郑振铎说"《子夜歌》没有一首不圆莹若明珠"，真是如此！

后来，《子夜歌》衍生出《子夜四时歌》，又有《大子夜歌》《子夜警歌》《子夜变歌》，都是从这里来的。《子夜歌》惯用

"郎""欢""侬",后来被称为吴歌格或子夜体,鲍照、谢灵运、李白都被其深深影响。

后人考证说,这大概是公元376年至公元379年的事,那是晋太元中,是"武陵人捕鱼为业"的年代,是陶渊明寻桃源不遇的年代。

那时候,他还没有唱响归去来辞。

公元405年,陶渊明在江西彭泽做县令,不过八十多天,便声称不愿"为五斗米折腰向乡里小儿",挂印回家种田去了。

陶渊明

陶渊明有个曾祖父,叫陶侃,陶侃是东晋名将,与闻鸡起舞的祖逖齐名。

陶渊明的外祖父,叫孟嘉,留下一个很有名的故事,叫孟嘉落帽。

后来陶渊明也有了自己的传说——隐居、喝酒、种豆、看菊花。

[归园田居(其一)] 陶渊明

少无适俗韵,性本爱丘山。
误落尘网中,一去三十年。

羁鸟恋旧林,池鱼思故渊。
开荒南野际,守拙归园田。
方宅十余亩,草屋八九间。
榆柳荫后檐,桃李罗堂前。
暧暧远人村,依依墟里烟。
狗吠深巷中,鸡鸣桑树颠。
户庭无尘杂,虚室有余闲。
久在樊笼里,复得返自然。

〔归园田居(其三)〕

种豆南山下,草盛豆苗稀。
晨兴理荒秽,带月荷锄归。
道狭草木长,夕露沾我衣。
衣沾不足惜,但使愿无违。

隐居种豆之前,他时隐时仕。

他做过祭酒,辞职;做过参军,辞职;做过县令,又辞职……在桓玄、刘牢之、刘敬宣、刘裕之间兜兜转转十余年。

他任性吗?
也许,和莼鲈归客张翰一样,他是早已瞥见了先机。

从二十九岁到四十一岁,十二年中,他周旋于桓玄、刘裕这些人之间。

桓玄做了皇帝，刘裕也做了皇帝。

而陶渊明居然做官，辞职，又做官，又辞职，任性地反反复复，最后全身而退。

须知那是东晋末期啊——朋党交织，情势险恶，血雨腥风随时欲来。

公元 419 年，刘裕被封为宋王。

公元 420 年，刘裕称帝，废晋恭帝司马德文为零陵王。晋朝结束，刘宋开始。

公元 421 年，刘裕派张祎向零陵王进毒酒，零陵王不肯饮，张祎自己喝了。刘裕继续派兵士去杀零陵王，零陵王终被闷杀。

陶渊明沉默地写下了《桃花源诗并记》。历史，正式进入宋齐梁陈更替的南朝。

公元 422 年，刘裕病逝，年仅十七岁的长子刘义符继位，是为少帝，权力掌握在傅亮、檀道济等顾命大臣的手上，谢灵运被排挤外放，赴永嘉任太守。

谢灵运

从此，官场上少了一个劳形案牍的苦主，山水间多了一个灵性十足的诗人。

谢灵运甚至发明了一种登山用的木鞋，名为"谢公屐"，屐底有两个活动木齿，上山去其前齿，下山去其后齿，便于走山路。

他穿着这种屐，仗着他陈郡谢家用不完的家产，没完没了地到处翻山越岭……

这已是曹植去世一百多年以后。谢灵运如是说："天下才有一石，曹子建独占八斗，我得一斗，天下共分一斗。"

想必，独得天下一斗才、带着几百人爬山富游的谢灵运，心里也许是孤独的。他的乐土，在庙堂之内，不在山水之间。可是那庙堂，却可望不可即！

[岁暮] 谢灵运

殷忧不能寐，苦此夜难颓。
明月照积雪，朔风劲且哀。
运往无淹物，年逝觉已催。

愤愤不平的谢灵运，在自负、傲慢、任性、结仇及抑郁中煎熬而不自知。

他更不知道，王谢世家的荣耀已随着门阀制度的衰败被雨打风吹去，"寒人掌机要"的变革正席卷而来。皇帝对高门大族的青眼眷顾，已是一天更比一天少。

元嘉十年，谢灵运第二次被仇家举报造反，再不能容忍的宋文帝下令逮捕他并就地正法。

池塘依然生春草,世间再无康乐公。

高门依然是贵族,可惜寒门出身的皇帝心里已有了别的想法。

当然,也有那么一些偶然的例外。

公元426年,武兴侯范弘之的继子范晔出任荆州别驾从事史,在边境小长安(今河南南阳市)一带任职。

有人说,陆凯的折梅寄北就是寄给他的。

陆凯

这件事被记在盛弘之的《荆州记》里:

"陆凯与范晔交善,自江南寄梅花一枝,诣长安与晔,兼赠诗。"

就是下面这首。

[赠范晔]　陆凯

折梅逢驿使,寄与陇头人。
江南无所有,聊赠一枝春。

这样一首普通的诗,学者们却吵吵了1600年。

三国时有陆凯,刘宋时有范晔,偏偏二人相距上百年,至于同时代都有名的陆凯和范晔?找不着啊……怎么也搞不清这到底是三国时写的，还是刘宋时写的。①

不过，从诗本身来看，它清丽圆熟，平仄合律，说它产生在南朝，要比产生在三国更站得住脚吧。

在南朝刘宋末年，诗人们已经开始有意无意地去关注诗律。像范晔这般"善弹琵琶，能为新声"的，就在给子侄的信里提到写诗要"别宫商，识清浊"，能和范晔结交的陆凯，大概也擅精此道。

范晔于元嘉二十二年，与谢灵运一样，因为谋反罪被杀。
但折梅寄远的话题，却从此流传于文人士子间。
以后秦观写过"驿寄梅花，鱼传尺素"；王十朋写过"手折梅花寄，人逢驿使堪"；舒亶写过"故人早晚上高台，赠我江南春色一枝梅"……

据说，同在荆州的一首民间曲可能更直接受到这首诗的影响。曲子一开头，思念情郎的姑娘就向江北寄出了一枝梅。

[西洲曲]

忆梅下西洲，折梅寄江北。
单衫杏子红，双鬓鸦雏色。
西洲在何处？两桨桥头渡。
日暮伯劳飞，风吹乌臼树。

---

① 《赠范晔》是诗史上又一悬题，学界至今无定论，本文在检索多篇论文后，倾向《陆凯赠范晔诗本事旁证及折梅母题》（曹旭、严维哲著）中的观点。——作者注

树下即门前,门中露翠钿。
开门郎不至,出门采红莲。
采莲南塘秋,莲花过人头。
低头弄莲子,莲子青如水。
置莲怀袖中,莲心彻底红。
忆郎郎不至,仰首望飞鸿。
鸿飞满西洲,望郎上青楼。
楼高望不见,尽日栏杆头。
栏杆十二曲,垂手明如玉。
卷帘天自高,海水摇空绿。
海水梦悠悠,君愁我亦愁。
南风知我意,吹梦到西洲。

自魏晋以来,曾经声遏凌云的乐府曲已逐渐失声,但并未消亡。

郭茂倩编的《乐府诗集》把这首《西洲曲》收在"杂曲歌辞"里,认为是古辞,《玉台新咏》认为是江淹写的,明清人编古诗选本,认为它可能是梁武帝萧衍写的……

更为神奇的是,《西洲曲》到底讲了些什么,终究无人能解其意,研究者甚至称它为南朝文学研究的"哥德巴赫猜想"——它讲的是一个和西洲有关的故事,但是相关的时间、地点和人物呢?统统影影绰绰、晦暗不明……

但这并不影响它的地位——《西洲曲》历来被公认为是南朝乐府最精致圆熟的代表,"清辞俊语,连翩不绝"。

南朝的民歌精致圆熟，北朝的民歌也在生生不息着。《木兰辞》，正是北朝民歌长篇叙事诗的代表。

那时候，南朝经历着宋齐梁陈的更替，而北朝，亦经历着轮番的征战杀伐。

在这样的杀伐中，民女木兰代父从军了。

〔木兰辞〕

唧唧复唧唧，木兰当户织。不闻机杼声，惟闻女叹息。问女何所思，问女何所忆。女亦无所思，女亦无所忆。昨夜见军帖，可汗大点兵，军书十二卷，卷卷有爷名。阿爷无大儿，木兰无长兄，愿为市鞍马，从此替爷征。东市买骏马，西市买鞍鞯，南市买辔头，北市买长鞭。旦辞爷娘去，暮宿黄河边，不闻爷娘唤女声，但闻黄河流水鸣溅溅。旦辞黄河去，暮至黑山头，不闻爷娘唤女声，但闻燕山胡骑鸣啾啾。

万里赴戎机，关山度若飞。朔气传金柝，寒光照铁衣。将军百战死，壮士十年归。

归来见天子，天子坐明堂。策勋十二转，赏赐百千强。可汗问所欲，木兰不用尚书郎，愿驰千里足，送儿还故乡。爷娘闻女来，出郭相扶将；阿姊闻妹来，当户理红妆；小弟闻姊来，磨刀霍霍向猪羊。开我东阁门，坐我西阁床。脱我战时袍，著我旧时裳。当窗理云鬓，对镜帖花黄。出门看火伴，火伴皆惊忙：同行十二年，不

> 知木兰是女郎。
>
> 雄兔脚扑朔，雌兔眼迷离；双兔傍地走，安能辨我是雄雌？

木兰辞最早著录于南朝陈释智匠所撰的《古今乐录》，可见，最晚在陈之前它就出现了。

据说，征战的双方，当是北朝的北魏和柔然。

柔然是北方游牧族大国，曾与北魏、东魏、北齐多次交战，最主要的战场，便是黑山、燕然山一带，这也是《木兰辞》中故事背景的主要战场。

回到南朝。

"寒人掌机要"的变革中，像鲍照、江淹这样的寒门庶族终于得以脱颖而出。

公元 439 年，鲍照向临川王刘义庆献诗，因"辞章之美"被拔擢为国侍郎。秋天，鲍照奔赴江州，开始了他的仕途之路。

鲍照

这年，鲍照方才二十六岁。

要知道，宋文帝曾下诏寒门子弟"限年三十而仕郡县"，二十六岁的鲍照却破例在三十岁以前当上了临川王的国侍郎，可见其才——当然，他跟的临川王，可是编《世说新语》的总掌柜啊。

鲍照入仕后，颇受重视，他与王谢世家的王僧达、王僧绰、谢庄均来往密切，诗酒唱和，又在宋孝武帝时历任海虞令、太学博士、秣陵吏等。

但鲍照心志高远，对于始终徘徊在九品位置上，心有不甘。他反复辞职，又在《梅花落》里自怜"念尔零落逐寒风"，在《拟行路难》叹息"自古圣贤尽贫贱，何况我辈孤且直"。

[拟行路难（其四）] 鲍照

泻水置平地，各自东西南北流。
人生亦有命，安能行叹复坐愁？
酌酒以自宽，举杯断绝歌路难。
心非木石岂无感？吞声踯躅不敢言。

据说，这组《拟行路难》共十八首，写于元嘉三十年鲍照四十岁时。彼时，他入仕已十余年，却始终还在九品的位置上踏步，其中心灰意冷、自我放逐的郁郁之情着实令人心酸。

十年后，临海王刘子顼起兵反明帝，事败，身为刘子顼幕僚的鲍照死于乱军中。但他那飘忽的影子似乎到盛唐犹未散，被李白借去——"停杯投箸不能食，拔剑四顾心茫然"。

行路难，对于古今才子，原是一样。

鲍照有个小五岁的妹妹叫鲍令晖，和他一样惊才绝艳。

鲍令晖

鲍照奔赴江州没多久，给妹妹鲍令晖写过一封信，即名篇《登大雷岸与妹书》，这信虽然没有那么诘屈聱牙，却也文采典雅，那时候他二十六岁，而二十一岁的妹妹鲍令晖居然也看懂了，后人因此感叹说：南朝女子像鲍令晖这样有悟力的不多啊。

和哥哥一样，鲍令晖也擅长拟乐府。

[拟客从远方来] 鲍令晖

客从远方来，赠我漆鸣琴。
木有相思文，弦有别离音。
终身执此调，岁寒不改心。
愿作阳春曲，宫商长相寻。

鲍令晖的才名甚至传到皇帝耳中。

鲍照曾经这样回答孝武帝：我自然比左太冲（"洛阳纸贵"的左思）差远了，可我妹妹稍微比左棻逊色一点吧——这当然是谦逊的场面话，里面的意思不言而喻：我们兄妹，当然是可以比得上左太冲兄妹的。

要知道左棻当年，就是因为才名极盛才被选入宫的，这样的自信，也真是实力宠妹了。

可惜鲍令晖去世极早,据推测三十七岁时就去世了。如此的笔力才情,如果再多活上四五十年,也许会是堪与李清照比肩的传世才女吧!

和鲍照一样起于寒门庶族的还有江淹。

公元474年,31岁的江淹被贬为建安吴兴县令,一贬就是三年。

江淹

在吴兴,江淹写下了他几乎所有的巅峰之作——《恨赋》《别赋》以及其他更多华美的篇章。

[古离别] 江淹

远与君别者,乃至雁门关。
黄云蔽千里,游子何时还?
送君如昨日,檐则露已团。
不惜蕙草晚,所悲道里寒。
君在天一涯,妾身长别离。
愿一见颜色,不异琼树枝。
兔丝及水萍,所寄终不移。

不可思议的是,江淹文思泉涌的创作自离开吴兴,就停止了……

后人对于这个事情的理解也非常有趣,甚至诞生了一些相关的轶事典故。

据说,江淹晚年梦见张协[①]来找他:"以前放了一匹锦在你这儿,现在可以还给我了。"江淹便递过几尺残锦,张协一看大怒,说:"好好一匹锦,怎么就剩这么点了!"回头看到丘迟在旁边,便道:"这点锦也没什么用了,全给了你吧!"
从那以后,似乎江淹的文章与才情就远不如从前了。
于是千年之下,"暮春三月,江南草长"的吟咏犹在,而江淹呢,浓墨重彩地留下了一个江郎才尽的落寞背影。

他的文学才尽了,但是治世才能却开动了。

公元477年,萧道成发动兵变,把江淹从吴兴召回,并任为尚书驾部郎、骠骑参军事。两年后萧道成称帝,建南齐王朝,江淹亦从此平步青云,晚年封醴陵侯,寒门出贵子,从此不再是传说。

江淹从文学青年妥妥地转型成为政治家的时候,他的师父,华阳居士陶弘景却拒绝了高官厚禄,回到山中做了道士。

公元492年,陶弘景辞官赴句曲山隐居,自此开始了他长

---

① 张协,字景阳,西晋文学家。——编者注

达四十余年与白云为邻的修行生涯。

陶弘景

陶弘景辞归后，梁武帝萧衍觉得可惜，再三下诏劝其出山，诏书里问他："卿归隐泉林，山中有什么东西那么吸引着你啊？"他就写了一首诗作答。

[诏问山中何所有赋诗以答]　陶弘景

山中何所有，岭上多白云。
只可自怡悦，不堪持赠君。

萧衍不明白，他能给的，陶弘景不要，陶弘景要的，他给不起。

陶弘景要做神仙。

他的一生可以说颇具传奇色彩，甚至有些神乎其神。

他四五岁就用荻干作笔在灰中学字，十岁开始研读葛洪的《神仙传》，五十岁致力于炼丹，炼了二十年……他对葛洪的神仙之说深信不疑，世间的功名利禄，哪里能比得上得道成仙来得诱人呢？

他不肯再在红尘中打滚，在他眼中，仍有多少人依旧在红尘中执迷。

在陶弘景身后，萧氏皇族可怕的皇权相争正卷地而来。

公元493年的一个秋夜,在荆州往建康的路上,一个匆匆赶路的青年人勒马驻足,面对长江徘徊踯躅。他不知道,他即将卷进一场刀光剑影的大杀戮中。

谢朓

那是谢朓,陈郡谢家的又一个才子。

此前两年,他本不在京都,他跟随当时的随王萧子隆在荆州西王府。随王爱他的才,常常与他彻夜长谈,这样的宠爱终于引起了小人的忌妒和密报,于是齐武帝下令让他还都。

于是,谢朓辞别西王府同僚,无可奈何地回了京都。

[暂使下都夜发新林至京邑赠西府同僚]　谢朓

大江流日夜,客心悲未央。
徒念关山近,终知返路长。
秋河曙耿耿,寒渚夜苍苍。
引领见京室,宫雉正相望。
金波丽鳷(zhī)鹊,玉绳低建章。
驱车鼎门外,思见昭丘阳。
驰晖不可接,何况隔两乡?
风云有鸟路,江汉限无梁。
常恐鹰隼击,时菊委严霜。
寄言罻罗者,寥廓已高翔。

谢朓并不知道京都有什么在等着他。

更不知道，荆州也好、建康也好，都和这新林一样，只是他路过的地方。两年后，他将出任宣城太守，而宣城，会将他的名字永远刻在尘世间。

谢朓回到京都的这一年，齐武帝病逝，长孙萧昭业继位，政权由侍中萧鸾和竟陵王萧子良代掌。不久，萧子良被逼死，萧昭业被废，萧昭文上位，诸王子被杀，最后萧昭文也被废杀！萧鸾踩着鲜血登上了帝位。

萧鸾的近臣、出身名门的谢朓惊呆了。正好，他被排挤，遂出任宣州太守。

在远离杀戮和皇权争夺的宣城，他安静地写出了一生最多最好的山水诗。

"余霞散成绮，澄江静如练。"

"江海虽未从，山林于此始。"

"我行虽纡组，兼得寻幽蹊。"

从此，后世提起谢朓，不会只说他是陈郡谢氏的子孙、才子谢灵运的族人、刘宋公主的爱子、明帝萧鸾的重臣、范云沈约的诗友。他们会说，谢朓，那是站在南朝诗人圈金子塔顶端的"小谢"，是李白一生低首崇拜的人，李白还曾作诗"谁念北楼上，临风怀谢公"缅怀他。

可惜这样的日子没有多久。

公元 499 年，谢朓又一次卷进皇权争夺中，他被始安王萧遥光诬陷，死于狱中。

他的家族里，族叔谢灵运死于谋反罪，舅公范晔也死于谋反罪，忧惧与伤痛是否始终在他心里挥之不去？如今，他终于带着这赶不走的忧惧永别世间，永别曾与他一起联诗赋句的诗友们。

那时候，竟陵八友①里，除了竟陵王萧子良和谢朓死于皇权的争夺，还有萧衍、范云、沈约等六人在世。

公元 502 年，范云、沈约拥立萧衍称帝，萧梁取代了南齐。

范云

范云的哥哥是范缜，就是写《神灭论》的那个，曾经说过以下一段著名的话：

"人生哪有因果前定，人之初如同树上的花随风飘落，有的落在华美的茵席上，有的落在污泥坑里，都是偶然罢了。"

范云必定是落在书桌上的那一瓣。他八岁时就能写诗，稍长就擅长写文章，成年后与沈约、谢朓、何逊这些圈内顶尖的人物结为挚友，后来逐渐成为文坛领袖（那大概是因为谢朓去世太早）。

钟嵘的《诗品》里说他的句子"清便宛转"，已隐隐有了唐

---

① 竟陵八友是南齐永明年间出现的一个文人集团，由竟陵王组织，包括萧衍、沈约、谢朓、王融、萧琛、范云、任昉、陆倕八人。——编者注

诗的风度。

[别诗二首（其一）] 范云

洛阳城东西，长作经时别。
昔去雪如花，今来花似雪。

在范云推着萧衍改朝换代的同时，诗也更新换代了。极力推动诗更新换代的人，是范云的好朋友，沈约。

沈约

沈约，曾在江淹才尽之后，谢朓崛起之前，独领风骚。

谢朓死后，一向爱重他的沈约，写下《怀旧诗伤谢朓》一诗，评价谢朓在文坛的杰出地位，全诗于悲伤中透露些愤慨，同时也表达了沈约对时局的不满。

[怀旧诗伤谢朓] 沈约

吏部信才杰，文峰振奇响。
调与金石谐，思逐风云上。
岂言陵霜质，忽随人事往。
尺璧尔何冤，一旦同丘壤。

这首诗，于声情并茂中寄寓了作者的深切同情，从形式上说，它亦是永明体的标准格式。

沈约和谢朓，都是永明体的领军人物。

永明体要求写诗的时候，明辨平上去入四声。
梁武帝曾问什么是平上去入四声？
得到的回复是"天子圣哲"这四个字就分别念平声、上声、去声、入声。[①]
梁武帝估计有点懵，但更懵的还在后面。
在四声的基础上，醉心音律的沈约又提出，写诗的时候，不可以犯平头、上尾、蜂腰、鹤膝、大韵、小韵、旁纽、正纽八种毛病。
同时，又要求对仗工整，体裁短小。

那便是格律诗的初始，是从"古体诗"到格律严谨的"近体诗"的过渡。
格律严谨的"近体诗"最后在唐朝成熟，从那以后，五七绝、五七律的写法一直用到现在。

但彼时，在谢朓、范云、沈约相继过世以后，永明体并没有一帆风顺地向唐朝的近体诗发展而去。南朝的诗坛，曾一度寥落，直到又一名天才来到这世间。

[①] 古代的平上去入四声，可以大致理解为现代普通话里的平（第一声或第二声）、上（第三声）、去（第四声），比如天子圣哲，分别是第一声、第三声、第四声、第二声。普通话里没有保留入声，古代入声字，普通话里念第一声、第二声、第三声、第四声都有可能。——作者注

公元 513 年，沈约病逝。

同年，庾信出生。

庾信

庾信是十五岁就入宫为太子讲读的神童，"七世举秀才""五代有文集"的翩翩公子，少年时与徐陵齐名，写的宫体诗漂亮精致，并称"徐庾体"。

但老天，注定不让庾信成为平凡的宫体诗人。

如何捶打他呢？——让他的身，饱尝北方的凛冽寒冷；让他的心，饱尝家国分离的苦。

公元 548 年，侯景之乱爆发。庾信逃到江陵。

公元 549 年，梁武帝萧衍被饿死于台城。

公元 552 年，梁元帝萧绎在江陵即位。

公元 554 年，庾信奉命从江陵出发，出使西魏，才到长安，就听说江陵被西魏攻克，梁元帝被弑，他被迫留在长安。

公元 557 年，在轮流扶持了几个梁朝皇帝后，陈霸先接受梁敬帝的禅让，登上帝位，改国号为陈。而在北方，宇文觉也废西魏皇帝自立，改国号为北周。

西魏成了北周，梁朝成了陈朝。

原来羁留于西魏的梁臣纷纷被允许回国，但庾信因为文才太好，北周不肯还给陈朝……无可奈何的庾信，只能写下《拟咏怀二十七首》排遣心中的抑郁。

〔拟咏怀二十七首（其十）〕 庾信

悲歌度燕水，弭节出阳关。
李陵从此去，荆卿不复还。
故人形影灭，音书两俱绝。
遥看塞北云，悬想关山雪。
游子河梁上，应将苏武别。

此后的三十年，庾信被迫长留北国，富贵荣华中，身仕敌国的羞耻、有家难归的痛楚，让他不堪，但他的诗风，却一洗他从前的绮丽，变得豪阔苍凉起来，也正是饱尝了分裂时代艰辛生活的这份特殊人生经历，庾信的作品也体现了南北方文风相融合的特点。

杜甫说，"庾信平生最萧瑟，暮年诗赋动江关"。这赋，就是《哀江南赋》。据陈寅恪考证，《哀江南赋》是庾信的暮年之作，写于他六十六岁时。

公元581年，庾信在归乡无望的萧瑟中客死北周，时年六十九。

就在这同一年，北周覆亡。

公元581年二月，北周静帝禅位于杨坚，杨坚登上帝位，改国号为隋。

公元589年，杨坚南下灭陈，统一中国。

自东汉以来，三百六十年的大分裂终于结束了。

但隋朝仅仅维持了三十八年。

公元 618 年，宇文化及等人发动兵变，隋炀帝为叛军所弑，隋恭帝杨侑将帝位禅让给大将李渊。大隋的光耀，消亡于世间。

〔春江花月夜〕 杨广

> 暮江平不动，春花满正开。
> 流波将月去，潮水共星来。

这是大隋那著名的亡国之君杨广写的《春江花月夜》。但你瞧，这样的风华绝代，这样的阔大精妙，是多么熟悉的感觉。

那是大唐，后世人心中永远的盛世，正踏着春江潮水，缓步而来。

伍

唐诗

32首巅峰唐诗,重温大唐盛世289年

从此这位"天上谪仙人"再没有停止过匆忙的脚步。一路走,一路写,一路结识各路人士,一路千金散尽还复来。

公元618年,唐国公李渊于长安称帝建唐。
辉煌的唐朝和唐诗就此拉开序幕。

不过,序幕就是序幕,那时星空虽浩荡,星辰却寥落,后人很难记住李世民、上官仪、虞世南这些名字。

直到公元676年,一个年轻人无意溺水——他的名字如惊雷闪电,迅速划破这道厚重幕布。

王勃

这年冬天,一篇《滕王阁序》刷爆了整个长安城,据说,这是一个叫王勃的人写的。这爆文甚至惊动了唐高宗——当唐高宗读到"落霞与孤鹜齐飞,秋水共长天一色"这一句,拍案笑道:"王勃人在何处?让他入宫来见朕,立刻!马上!"

左右面面相觑,答道:"王勃已落水而亡。"

王勃是个神童。

他六岁就能写文章。九岁读颜师古注的《汉书》，觉得不对，写了《指瑕》十卷指正其错。十六岁登幽素科及第，成为朝廷最年轻的命官。

天才与时运，把王勃推上了"初唐四杰"[①]头把交椅的位置——一千多年过去了，"海内存知己，天涯若比邻"仍是人们送别的金句。

[送杜少府之任蜀州] 王勃

城阙辅三秦，风烟望五津。
与君离别意，同是宦游人。
海内存知己，天涯若比邻。
无为在歧路，儿女共沾巾。

若一生顺遂，王勃会不会成为比李白还神奇的存在？

可惜！他马上就因为《斗鸡赋》和私杀官奴连跌几个跟斗，不但赔上了终身的仕途，甚至连累父亲被贬到偏远的交趾做县令。

公元676年，心怀愧疚的王勃到交趾探望父亲，途中惊悸溺水。

一代少年天才，如一颗夺目的流星划过初唐的夜空，令人叹息。

[①] 初唐四杰，即王勃、杨炯、卢照邻、骆宾王。——编者注

这一年他大约二十七岁。

和王勃同时的,还有另一个著名的神童。

骆宾王

他叫骆宾王,七岁时写的诗现在七岁的小孩子都会背,那就是:"鹅,鹅,鹅,曲项向天歌。白毛浮绿水,红掌拨清波。"

闻一多说骆宾王"天生一副侠骨,专喜欢管闲事、打抱不平、杀人报仇、革命、帮痴心女子打负心汉"——本性难改的他,在武则天当政时屡次上书讽刺,终于进了大狱。《在狱咏蝉》就是他在大狱里写的。

[在狱咏蝉] 骆宾王

西陆蝉声唱,南冠客思深。
不堪玄鬓影,来对白头吟。
露重飞难进,风多响易沉。
无人信高洁,谁为表予心。

后来武则天废中宗自立,徐敬业在扬州起兵反对,骆宾王踊跃前往,起草著名的《为徐敬业讨武曌檄》,其中"试看今日之域中,竟是谁家之天下""一抔之土未干,六尺之孤何托"这些句子,竟让被骂的武则天都点起赞来。

据说武则天当时一声长叹,问道:"为何这样的人才,我身边竟没有?"

徐敬业兵败被杀后,骆宾王下落不明。或云被杀,或云为僧。

喜欢组队的古人,只组一队"初唐四杰"是不够玩的。
于是,"文章四友"出现了。

这"文章四友",是崔融、李峤、苏味道、杜审言四人。就像"初唐四杰"有领队王勃,"文章四友"也有带队大哥杜审言,他有个儿子叫杜闲,杜闲的儿子叫杜甫。

杜审言

但杜审言最大的成就,并非因为他是诗圣的老祖宗,而是——他是唐五律的奠基人之一。

当然,杜审言自己不这么看。
他曾经说:"比文章,屈原、宋玉写不过我;比书法,王羲之得跟我学。"
他自负如此,因此在公元689年左右,当他到江阴县这个小地方任职时,一肚子的不高兴。

[和晋陵陆丞早春游望]　杜审言

独有宦游人,偏惊物候新。

> 云霞出海曙，梅柳渡江春。
> 淑气催黄鸟，晴光转绿蘋。
> 忽闻歌古调，归思欲沾巾。

这首满腹牢骚的诗，就是那时候写的。

此诗被明朝的胡应麟盛赞为"初唐五律第一"——当然不是因为他发牢骚，而是因为杜审言在发牢骚的时候，还不忘韵脚分明、平仄和谐、对仗工整——这些烂熟的近体诗规则，初唐并没有。

所以这首诗，可以说是五律的模范，杜老师起了一个很好的示范作用。

公元695年，一个浙江人高居三甲榜首。

他叫贺知章。

贺知章

这是浙江历史上第一位有记载的状元郎。

似乎也是唐朝诗坛璀璨群星里的第一位状元郎。

贺知章是浙江萧山人，后来迁居绍兴，86岁方才得以告老还乡。

［回乡偶书（其一）］ 贺知章

> 少小离家老大回，乡音无改鬓毛衰。

> 儿童相见不相识，笑问客从何处来。

相比杜审言的自负傲慢，贺知章可要随和多了（所以他能活到八十六岁吧）。

他生性旷达，爱谈笑，好饮酒，又风流潇洒，为时人所倾慕。八十多岁的时候遇到初来长安的小年轻李白，即赞其为"谪仙人也"，甚至慨然解下身上佩戴的金龟袋来请李白喝酒，这一段旧事，李白一直记得。

对了，他的书法也很好。

贺知章出生的同一年，在四川也有一个人出生了。

四川人就是骨头硬，他的诗风一扫六代之纤弱，直抵建安风骨。

他叫陈子昂。

陈子昂

公元696年，契丹叛乱，陈子昂随武攸宜出征，参谋军事。武攸宜轻率出兵，致使前军陷没。陈子昂一再热情进谏，激怒武氏，将其贬为军曹。

陈子昂一怒而登蓟北楼，化悲愤为千古名篇，就是下面这首。

[登幽州台歌] 陈子昂

前不见古人，后不见来者。
念天地之悠悠，独怆然而涕下。

总共就四句，引来一千多年无数的点赞，牛气不？

更牛的是，陈子昂十七八岁时还不爱读书，天天掷剑玩命，突然有一天似乎性情大变，剑不玩了，狐朋狗友也不理了，埋头钻研起学问来，而且，没几年就已小有成就。

这样的人，我们除了给他贴上一个天才的标签，还能怎么办呢。

公元705年，武则天被迫退位，皇权还给李氏。
就在这几年间，一个与贺知章、张旭、包融并称"吴中四士"的人，悄悄地出现在唐诗舞台，又默默地退出。
几乎没有人注意到他的来去。

要到几百年后，才有人惊呼：
《春江花月夜》写得太好了！
有人评价，仅这一篇，就足以掩盖所有唐诗的光芒！

张若虚

他叫张若虚，《全唐诗》仅存他两首诗。

不但他的诗作散佚,而且生平事迹、生卒年代、字号全部不详,后人只知道他活在公元 7 世纪中期至公元 8 世纪前期,可能是扬州人,曾任兖州兵曹。

闻一多曾说:"(《春江花月夜》)是诗中的诗,顶峰上的顶峰。"这沉寂了一千多年的佳作,足以"孤篇盖全唐"。

[春江花月夜]　　张若虚

春江潮水连海平,海上明月共潮生。
滟滟随波千万里,何处春江无月明。
江流宛转绕芳甸,月照花林皆似霰。
空里流霜不觉飞,汀上白沙看不见。
江天一色无纤尘,皎皎空中孤月轮。
江畔何人初见月?江月何年初照人?
人生代代无穷已,江月年年望相似。
不知江月待何人,但见长江送流水。
白云一片去悠悠,青枫浦上不胜愁。
谁家今夜扁舟子?何处相思明月楼?
可怜楼上月徘徊,应照离人妆镜台。
玉户帘中卷不去,捣衣砧上拂还来。
此时相望不相闻,愿逐月华流照君。
鸿雁长飞光不度,鱼龙潜跃水成文。
昨夜闲潭梦落花,可怜春半不还家。
江水流春去欲尽,江潭落月复西斜。
斜月沉沉藏海雾,碣石潇湘无限路。

不知乘月几人归，落月摇情满江树。

此诗的具体创作年份，和写它的人一样，已难以确考。

春江潮水滟滟平，有多少人事，就此随波而逝。

公元 712 年，宋之问去世；
公元 715 年，沈佺期去世。
这是两位并不十分出名的诗人。
然而，正是他们以及"文章四友"，被后世称为绝、律诗体的奠基人。
唐诗若无绝、律，至少减色一半；
唐诗能有绝、律，沈、宋二人功不可没。

公元 713 年 12 月，唐玄宗李隆基改年号为开元。
盛世就此拉开序幕。

公元 718 年，张九龄被召入京。
从此，逐渐开启了他名相的一生。

张九龄

张九龄举止优雅，风度不凡，即使被诽谤排挤，遭贬荆州长史，写出的诗仍然风致楚楚：

[望月怀远] 张九龄

海上生明月，天涯共此时。
情人怨遥夜，竟夕起相思。
灭烛怜光满，披衣觉露滋。
不堪盈手赠，还寝梦佳期。

自张九龄去世后，唐玄宗对宰相推荐之士，总要问"风度得如九龄否？"真是让人羡慕忌妒又崇拜。

张九龄有一个弟弟叫张九皋，也是名士风度，坊间传说，当年王维的状元本该是张九皋的。

公元718年，当张九龄和张说被召入京时，三十岁的孟浩然仍然在襄阳城中，坐叹清贫和失意，渴望有人向皇帝引荐。

孟浩然

以风流任性而被李白崇拜的孟浩然，并不是一开始就立志要"红颜弃轩冕，白首卧松云"的。

三十九岁以前，他想要求取功名、渴望及第的心情，比谁都来得迫切。他一再地干谒公卿、结交名流；一再地打听、接近皇帝所在，希望面见圣颜。

这样的机会终于来了。
据说三十九岁那年，他终于在张说府中偶遇玄宗，玄宗让他作诗,他念起了《岁暮归南山》,里头有句:"不才明主弃,多病故人疏……",玄宗当场拉下脸来:"卿不求仕,而朕未尝弃卿,奈何诬我!"

明主拂袖而去,诗人呆在原地。

孟浩然终于绝望了。从此他漫游吴越,穷极山水之胜,写出了很多这样的好诗:

[宿建德江] 孟浩然

移舟泊烟渚,日暮客愁新。
野旷天低树,江清月近人。

这诗何其淡,或许,淡到看不见诗了,才是真正的诗。心里有这样诗意的人,也许,不做官更好吧。

毕竟,不是人人都像贺知章和王维那样适合做官的。

公元 721 年,二十岁的王维就试吏部拔得头筹。

他是唐朝诗人里最年轻的状元。

也是开元年间声名最盛的诗人。

王维

坊间纷纷传说,那一年的状元,本来应该是张九龄的弟弟张九皋。

唐郑还古[1]根据这些传言，写成唐传奇《郁轮袍》一文。

谁让王维本身就是个传奇呢！

他出身好，颜值高，"妙龄洁白，风姿郁美"；十九岁中举，二十一岁中状元；待兄弟有如手足，待妻子一往情深，待同僚真诚宽厚。对了，他还多才多艺，诗、书、画、乐俱可称为"大家"者，当时仅王维一人而已。

唐诗那么多，琴曲那么多，能够流传下来，经久不衰的，也就只有《阳关三叠》[2]而已。

[送元二使安西] 王维

渭城朝雨浥轻尘，客舍青青柳色新。
劝君更尽一杯酒，西出阳关无故人。

一唱三叹，何等倾动人心哪！

后世的人们诉说相思，张口就来他的"红豆生南国，春来发几枝"；
看到花落，总会想起"涧户寂无人，纷纷开且落"；
出去旅行，也一直记挂着"大漠孤烟直，长河落日圆"……

---

[1] 郑还古，约公元827年前后在世，主要作品为传奇集《博异记》。——编者注
[2] 《阳关三叠》是根据唐代诗人王维的《送元二使安西》谱写的著名的古琴曲。——编者注

而更耐人寻味的是，这个佛系诗人，很早就看透一切，放下一切。他的看透与放下，是许多人至今无法达到的人性高度。

公元 724 年，状元王维已经历了官场的起伏，"谪仙人"李白却刚刚意气风发地从蜀地出发，准备漫游全天下并做出一番大事业来。

李白

从此这位"天上谪仙人"再没有停止过匆忙的脚步。

一路走，一路写，一路结识各路人士，一路千金散尽还复来。

终其一生，他都在漫游的路上，从 24 岁出蜀，到 62 岁卧病。这样的超级暴走，任性到汪洋恣肆啊！

自然，他也留下了气势恢宏的数以百计的名篇。

[将进酒] 李白

君不见黄河之水天上来，奔流到海不复回。君不见高堂明镜悲白发，朝如青丝暮成雪。人生得意须尽欢，莫使金樽空对月。天生我材必有用，千金散尽还复来。烹羊宰牛且为乐，会须一饮三百杯。岑夫子，丹丘生，将进酒，杯莫停。与君歌一曲，请君为我倾耳听。钟鼓馔玉不足贵，但愿长醉不复醒。古来圣贤皆寂寞，惟有饮者留其名。陈王昔时宴平乐，斗酒十千恣欢谑。

主人何为言少钱，径须沽取对君酌。五花马，千金裘，呼儿将出换美酒，与尔同销万古愁。

他留下的诗篇编为《李翰林集》，共有诗文七百七十六篇，当然这不足他身前所作十分之一。

这样魅力无限的李白，赢得了后人近乎盲目的崇拜，也并非不能理解。

他得意时写的诗，好好好！他失意时写的诗，好好好！他任性时写的诗，好好好！……

唐诗，因为李太白的存在，被推上了文学史的巅峰。我们很难想象，像李白这样能横着走的大才子，居然也倾慕过别人。

就在李白出蜀的前一年，有一个十九岁的少年中了进士。

崔颢

这个少年，好饮酒、好赌博、好美色。

他的不羁放纵和李白多么相似，而他的才气，居然让李白也低头称臣。

他叫崔颢。

据元人辛文房所编撰《唐才子传》里记载，李白登黄鹤楼时见了崔颢题诗，自愧不如，说："眼前有景道不得，崔颢题诗在上头。"

[黄鹤楼] 崔颢

昔人已乘黄鹤去,此地空余黄鹤楼。
黄鹤一去不复返,白云千载空悠悠。
晴川历历汉阳树,芳草萋萋鹦鹉洲。
日暮乡关何处是?烟波江上使人愁。

我们似乎会有这样的印象,当李白看到这诗的时候,崔颢一定已经白发苍苍,而李白正值年少青春。

其实崔颢比李白还要小三岁呢。

李白是他的铁粉。严羽也是。

严羽直接在《沧浪诗话》里盛赞:

"唐人七言律诗,当以崔颢《黄鹤楼》为第一。"

盛唐的才子们,哪里只有文采风流呢!

公元730年至734年,契丹及奚族叛唐,唐与契丹、奚之间战事不断。

崔颢十九岁中进士那年,另一个十九岁的年轻人,也在朝着自己的梦想出发。

这名青年怀揣着报国的热忱,十几年间几次北游蓟门和幽燕,希望效力军营。

他叫高适。

高适

公元738年，唐军攻击契丹、奚，先胜后败，主帅张守珪隐瞒败绩而谎报军情。消息传来，曾漫游蓟燕并见过张守珪的高适感慨很深，提笔写下《燕歌行》。

[燕歌行]　高适

汉家烟尘在东北，汉将辞家破残贼。
男儿本自重横行，天子非常赐颜色。
摐（chuāng）金伐鼓下榆关，旌旆逶迤碣石间。
校尉羽书飞瀚海，单于猎火照狼山。
山川萧条极边土，胡骑凭陵杂风雨。
战士军前半死生，美人帐下犹歌舞。
大漠穷秋塞草腓，孤城落日斗兵稀。
身当恩遇常轻敌，力尽关山未解围。
铁衣远戍辛勤久，玉箸应啼别离后。
少妇城南欲断肠，征人蓟北空回首。
边庭飘飖那可度，绝域苍茫更何有。
杀气三时作阵云，寒声一夜传刁斗。
相看白刃血纷纷，死节从来岂顾勋。
君不见沙场征战苦，至今犹忆李将军。

高适一生以大将军自许。

虽然，和他同年的崔颢早早地就考中了进士，他一直到四十六岁，才应有道科及第授官，但他的后半生的经历，可要比崔颢丰富得多了。五十多岁的时候,他以勤王平叛之功,被封为淮南节度使,后来又加封渤海县侯。所以《旧唐书》说:"诗人之达者,唯适而已。"

据说高适在长安的时候,常常约着王昌龄和王之涣一起饮酒,他们还与岑参搞了一个组合,合称"边塞四诗人"。当大家们都集中在同一个时空的时候,故事实在是精彩多了,旗亭斗诗的故事,就这么流传了下来。

王昌龄

那时旗亭中的梨园班子经常唱诗人们新写的诗,谁写的诗好,唱的人就多。三位大家喝多了就开始谁也不服谁,边喝酒边打赌——眼见为实!看今天姑娘们唱谁的诗!

第一个姑娘出来了,唱的是王昌龄的。

[芙蓉楼送辛渐二首(其一)]　　王昌龄

寒雨连江夜入吴,平明送客楚山孤。
洛阳亲友如相问,一片冰心在玉壶。

唱完第二个、第三个,王之涣有点沉不住气了,负气地说:"这个唱得最好的,如果再不唱我的诗,我这一辈子就不再写诗了!"

话音未落,那个姑娘出场唱了一首诗,满场喝彩⋯⋯

那正是王之涣的七绝《凉州词》。

王之涣

[凉州词]　王之涣

黄河远上白云间，一片孤城万仞山。
羌笛何须怨杨柳，春风不度玉门关。

自从开元五年，凉州都督郭知运进献凉州曲以来，许多诗人都喜欢《凉州词》这个曲调，而其中传唱最多的，据说就是王之涣的"春风不度玉门关"。

当年的长安，又岂只有高适、王之涣、王昌龄的身影呢？
只是世间的荣败与散聚终有定数。
大唐，从开元走到了天宝年间。

公元744年的长安，岑参进士及第，李白上书请还，贺知章告老归乡。
还有一个人，失落地从长安匆匆掠过。
那是刘长卿。

刘长卿

这年他没上榜。

其实，天宝三载刘长卿才十九岁，在"五十少进士"的考场上，三十岁以前考中进士的都要算是天才了，这算什么呢！后来大宋的柳永二十四岁初试落第，人家不是高高兴兴地唱着"是非莫挂心头，富贵岂由人"又去大碗喝酒了吗？

但刘长卿不开心，他觉得我这么一个天生的状元郎为什么考不上呢？为什么？为什么……

他的性格里大概是有点轴的。后来唐诗选家高仲武说他"长卿有吏干，刚而犯上，两遭贬谪，皆自取之"大约有点道理。

高仲武说的两遭贬谪，是多年以后的事了。也就是在那个时候，刘长卿写出了著名的《逢雪宿芙蓉山主人》。

[逢雪宿芙蓉山主人]　刘长卿

日暮苍山远，天寒白屋贫。
柴门闻犬吠，风雪夜归人。

据说，刘长卿自许为"五言长城"。
那么下面这个人，是不是可以称为"七律长城"了呢？

公元746年，杜甫初到长安，回想长安当年的人物风流，不胜感慨，写下《饮中八仙歌》。

杜甫

曾经，李白与贺知章、李适之、李琎、崔宗之、苏晋、张旭、焦遂八人俱善饮,称为"酒中八仙人"。

而杜甫,其时与这些大佬相比,他的光彩,并不很出众。

后来杜甫经历了安史之乱、丧子之痛、颠沛流离,最后困穷而逝。他的诗,在苦难之中被锤炼得炉火纯青,趋于完美,他去世后的声望,终于追上了他曾经仰望倾慕的李白。

[登高] 杜甫

风急天高猿啸哀,渚清沙白鸟飞回。
无边落木萧萧下,不尽长江滚滚来。
万里悲秋常作客,百年多病独登台。
艰难苦恨繁霜鬓,潦倒新停浊酒杯。

明朝的诗人、诗论家胡应麟评老杜此篇是"古今七律第一",说"通首章法,句法,字法,前无昔人,后无来学"。

转眼到了天宝后期。

公元754年,西北边疆一带,战事频繁。

此时唐朝内政虽腐败,兵力倒依然强大。这一年,岑参受命第二次出塞。

岑参

岑参怀着和当年高适一样的满腔热血,立志到塞外建功立业。

他两度出塞，久佐戎幕，前后在边疆军队中生活了六年，早已习惯了马鞍上的风尘和寒冷。

[白雪歌送武判官归京]　　岑参

北风卷地白草折，胡天八月即飞雪。
忽如一夜春风来，千树万树梨花开。
散入珠帘湿罗幕，狐裘不暖锦衾薄。
将军角弓不得控，都护铁衣冷难着。
瀚海阑干百丈冰，愁云惨淡万里凝。
中军置酒饮归客，胡琴琵琶与羌笛。
纷纷暮雪下辕门，风掣红旗冻不翻。
轮台东门送君去，去时雪满天山路。
山回路转不见君，雪上空留马行处。

岑参眼中的安西边塞，兵力依然强大——"大夫讨匈奴，前月西出师。甲兵未得战，降虏来如归"，这种局面一直持续到安史之乱发生。

公元755年，安史之乱爆发。
公元756年，玄宗仓皇奔蜀。
因为当时江南政局比较安定，不少文士南逃避乱，其中也包括张继。

张继

以后你一定不要小看了"张"这个姓氏——只凭一首诗流传后世的,前有张若虚,后有张继。

在明星扎堆的唐代诗人里,张继可能连"小有名气"都算不上,但他就硬是凭着一首《枫桥夜泊》泊在大家心头好多年。

[枫桥夜泊]　　张继

> 月落乌啼霜满天,江枫渔火对愁眠。
> 姑苏城外寒山寺,夜半钟声到客船。

人世间的事就是如此奇妙。

在安史之乱爆发以前,张继本来已经考取了进士。国家大乱,个人前途只得渺如尘土。然而,若没有这段南逃避乱的经历,唐诗史上,便少了一页千古留名的诗篇和一位绝顶诗人。

被安史之乱打乱了人生的不只有张继。

公元 759 年,因为玄宗奔蜀,内侍解散,其中有一名侍卫,人生轨迹因此拐了一个超级大弯。

韦应物

这个人叫韦应物。

他从 15 岁起开始做玄宗的内侍,豪纵不羁,横行乡里,很有点人见人怕的潜质。

玄宗奔蜀，内侍解散，韦应物无事可做，开始认真读起书写起诗来，从一个富贵无赖子弟摇身一变成为忠厚仁爱的儒者。

[滁州西涧]　韦应物

独怜幽草涧边生，上有黄鹂深树鸣。
春潮带雨晚来急，野渡无人舟自横。

浮云一别后，流水十年间。

韦应物晚年任苏州刺史，在写给朋友的信里说："身多疾病思田里，邑有流亡愧俸钱。"一派仁者忧时爱民心肠，谁能想到，这是那个曾经"身作里中横，家藏亡命儿，朝持樗蒲局，暮窃东邻姬"的无赖少年呢。

公元763年2月，安史之乱终于平息了。
然而，国家的衰落已不能挽回。
公元766年，唐代宗李豫改元大历。

中唐之初，国运不景气，诗坛也不景气。
不过，一大批超级明星正在抵达中唐舞台的路上。

公元768年，韩愈出生。
公元770年，薛涛出生。
公元772年，白居易、刘禹锡、崔护同年出生，"河东先生"柳宗元则晚一年出生。

群星灿烂的时刻将再一次到来。

我们先把目光投向一颗与众不同的新星。
公元 778 年,她八岁,写下一首诗。

薛涛

才貌双绝的薛涛,一生未嫁。

八岁的时候,她站在自家院子里和父亲联诗,其父看到"枝迎南北鸟,叶送往来风"的句子,深觉不安。后来的事实竟惊人地印证了父亲的预感,由于家道中落,生活陷入困境的薛涛竟从良家子沦为官家伎。

[送友人]　薛涛

水国蒹葭夜有霜,月寒山色共苍苍。
谁言千里自今夕,离梦杳如关塞长。

昔人曾说这位万里桥边女校书"工绝句,无雌声"。四万八千首的《全唐诗》收录了她八十一首诗,比很多男诗人还要多。

当成都的薛涛名动一城的时候,洛阳的韩愈正在没完没了地准备考试。
公元 786 年,韩愈第一次到长安应试。

韩愈

但是韩愈的应试之路并不顺利。
公元 786 年,他第一次应试失败。
公元 789 年,第二次应试失败。
……
直到公元 792 年,韩愈终于考取了进士。

当时恐怕没有人能想到,日后,这个屡败屡战的小子竟会成为古文运动的先驱,唐宋八大家①之首。

但是考上进士的韩愈,做官仍然不太顺利。
直到五十岁,他才因参与平淮而擢升刑部侍郎,升官才没两年,即因阻迎佛骨事遭贬谪——这一贬就贬到潮州,距离当时的京师长安有千里之遥。

〔左迁至蓝关示侄孙湘〕 韩愈

一封朝奏九重天,夕贬潮州路八千。
欲为圣朝除弊事,肯将衰朽惜残年!
云横秦岭家何在?雪拥蓝关马不前。
知汝远来应有意,好收吾骨瘴江边。

---

① 唐宋八大家,即韩愈、柳宗元、欧阳修、苏洵、苏轼、苏辙、王安石、曾巩。——编者注

韩愈只身一人，仓促上路，走到蓝田关口时，他的妻儿还没有跟上来，只有他的侄孙子跟了上来，这番心情，想来是很恶劣的，"来收骨头"的话都说了出来。

不过他终于活了下来，而且，在五十四岁时，其声望和仕途都达到了顶点。

公元787年，韩愈到长安的第二年，有一个十六岁的少年也到了长安。

他求见著作左郎顾况，并报上自己的名字：白居易。

白居易

顾况看了看这个少年的名字，大笑："长安米贵，白住可不大容易。"

但当他读到"离离原上草，一岁一枯荣。野火烧不尽，春风吹又生"时，禁不住拍案称绝："你这孩子，你想住哪儿都可以！"

十六岁的少年，就此扬名京城。

这位六七个月大时就会认字、登第时"十七人中最少年"、被后人惊呼为上辈子就读了很多书的才子，从此就过上了人生赢家的幸福生活吗？

不。

他心中埋着深深的痛。

据说，白居易有一个叫湘灵的青梅竹马，彼此情投意合，但母亲说什么也不让他娶湘灵，于是白居易便消极抵抗，不娶、不婚，直拖到三十五岁。

据说，白居易为湘灵写了很多的诗。甚至有人说《长恨歌》里就有他和湘灵相见无期的痛……

[长恨歌] 白居易

汉皇重色思倾国，御宇多年求不得。
杨家有女初长成，养在深闺人未识。
天生丽质难自弃，一朝选在君王侧。
回眸一笑百媚生，六宫粉黛无颜色。
春寒赐浴华清池，温泉水滑洗凝脂。
侍儿扶起娇无力，始是新承恩泽时。
云鬓花颜金步摇，芙蓉帐暖度春宵。
春宵苦短日高起，从此君王不早朝。

承欢侍宴无闲暇，春从春游夜专夜。
后宫佳丽三千人，三千宠爱在一身。
金屋妆成娇侍夜，玉楼宴罢醉和春。
姊妹弟兄皆列土，可怜光彩生门户。
遂令天下父母心，不重生男重生女。
骊宫高处入青云，仙乐风飘处处闻。
缓歌慢舞凝丝竹，尽日君王看不足。
渔阳鼙鼓动地来，惊破霓裳羽衣曲。

九重城阙烟尘生，千乘万骑西南行。
翠华摇摇行复止，西出都门百余里。
六军不发无奈何，宛转蛾眉马前死。
花钿委地无人收，翠翘金雀玉搔头。
君王掩面救不得，回看血泪相和流。
黄埃散漫风萧索，云栈萦纡登剑阁。
峨嵋山下少人行，旌旗无光日色薄。
蜀江水碧蜀山青，圣主朝朝暮暮情。

行宫见月伤心色，夜雨闻铃肠断声。
天旋地转回龙驭，到此踌躇不能去。
马嵬坡下泥土中，不见玉颜空死处。
君臣相顾尽沾衣，东望都门信马归。
归来池苑皆依旧，太液芙蓉未央柳。
芙蓉如面柳如眉，对此如何不泪垂。
春风桃李花开日，秋雨梧桐叶落时。
西宫南内多秋草，落叶满阶红不扫。

梨园弟子白发新，椒房阿监青娥老。
夕殿萤飞思悄然，孤灯挑尽未成眠。
迟迟钟鼓初长夜，耿耿星河欲曙天。
鸳鸯瓦冷霜华重，翡翠衾寒谁与共。
悠悠生死别经年，魂魄不曾来入梦。
临邛道士鸿都客，能以精诚致魂魄。
为感君王辗转思，遂教方士殷勤觅。
排空驭气奔如电，升天入地求之遍。

上穷碧落下黄泉，两处茫茫皆不见。
忽闻海上有仙山，山在虚无缥渺间。
楼阁玲珑五云起，其中绰约多仙子。
中有一人字太真，雪肤花貌参差是。
金阙西厢叩玉扃（jiōng），转教小玉报双成。
闻道汉家天子使，九华帐里梦魂惊。
揽衣推枕起徘徊，珠箔银屏迤逦开。
云鬓半偏新睡觉，花冠不整下堂来。

风吹仙袂飘飘举，犹似霓裳羽衣舞。
玉容寂寞泪阑干，梨花一枝春带雨。
含情凝睇谢君王，一别音容两渺茫。
昭阳殿里恩爱绝，蓬莱宫中日月长。
回头下望人寰处，不见长安见尘雾。
惟将旧物表深情，钿合金钗寄将去。
钗留一股合一扇，钗擘黄金合分钿。
但教心似金钿坚，天上人间会相见。

临别殷勤重寄词，词中有誓两心知。
七月七日长生殿，夜半无人私语时。
在天愿作比翼鸟，在地愿为连理枝。
天长地久有时尽，此恨绵绵无绝期。

多少年后，白乐天走过了他的大半人生路。

遥想自十一岁相遇湘灵，相爱不能相守；三十岁结识元稹，患难与共。人间种种，正是：来如春梦不多时，去似朝云无觅处。

他终于从苦愁多病的中年，走到了旷达乐天的暮年。

他在洛阳的风雪天里，向对面的刘十九举起酒杯，只问一句：能饮一杯无？

刘十九背对我们。

这会是排行十九、刘禹锡的堂兄刘禹铜吗？毕竟，白居易和刘禹锡的关系曾经那么惺惺相惜。

公元793年，刘禹锡、柳宗元进士及第，元稹明经及第。

少年得意的他们，彼时未曾料到随即迎接他们的将是中年剧变。

刘禹锡

刘禹锡二十二岁便中进士，当上监察御史，二十四岁授太子校书，早早地走上了人生巅峰。

可是巅峰之后便是二十三年的下坡路，因为参与永贞革新，刘禹锡被贬了又贬，从巅峰直跌到谷底。

二十三年以后，刘禹锡被召回。途经扬州时，终于见到了同年出生、唱和已久，却素未谋面的白居易，两人一见如故，惺惺相惜。

[酬乐天扬州初逢席上见赠] 刘禹锡

巴山楚水凄凉地,二十三年弃置身。
怀旧空吟闻笛赋,到乡翻似烂柯人。
沉舟侧畔千帆过,病树前头万木春。
今日听君歌一曲,暂凭杯酒长精神。

白居易为刘禹锡的遭遇打抱不平:"亦知合被才名折,二十三年折太多。"

而老刘只是畅怀而饮,醉中大笑。

他睥睨一切的眼神中,是否一掠而过朗州①的秋云、玄都观的桃花?

长安城的桃花向来有名。

公元796年,人们并不记得崔护进士及第,记住的是他的"桃花人面"。

崔护

进士及第以后的崔护官运也顺畅,不到五十岁就官拜京兆尹,同年为御史大夫、广南节度使。

不过,后人并不关心广南节度使崔护,留在所有人印象里的,还是那个写桃花诗的书生崔护。

---

① 公元805年,永贞革新失败后,刘禹锡被贬为朗州(今湖南常德)司马,于此十年。——编者注

【题都城南庄】 崔护

去年今日此门中，人面桃花相映红。
人面不知何处去，桃花依旧笑春风。

这首诗的创作时间，史籍没有明确记载。

我们愿意相信唐人孟棨《本事诗》和宋代《太平广记》里这样的说法：

崔护到长安参加进士考试后出游，在长安南郊偶遇一少女，次年清明节重访此女不遇，于是题写此诗。

大概对于美好的事与物，不管今人或古人，都有着韶华不再的忧惧。

大唐的春天，也快到风雨飘零的时候了。

公元805年，导致刘禹锡跌到谷底的二王八司马事件[①]爆发。

满朝大臣，竟然被宦官们斥贬处置。

被贬的官员中，就有柳宗元。

柳宗元

九月，柳宗元被贬为邵州刺史，十一月，在赴任途中，加

---

① "二王"指"王叔文、王伾"，"八司马"指"韦执谊、韩泰、陈谏、柳宗元、刘禹锡、韩晔、凌准、程异"，这些革新派士大夫在唐顺宗年间推行的改革失败后，俱被贬为州司马。——编者注

贬为永州司马——说司马是好听的,实际上柳宗元就是个被看管的囚犯,连个住处都没有,只能在寺庙里栖身。

二十一岁就高中进士的柳宗元,心中的愤慨无处发泄,真真"天地间一片孤绝,不见一个腌臜英雄"。

[江雪]　柳宗元

千山鸟飞绝,万径人踪灭。
孤舟蓑笠翁,独钓寒江雪。

十年以后,朝廷方召回当年被贬的柳宗元、刘禹锡等人,刚刚召回,竟因故再度贬谪,柳宗元改谪柳州刺史,韩泰、韩晔、陈谏、刘禹锡分别贬为漳州、汀州、封州、连州刺史。

柳宗元在柳州写下《登柳州城楼寄漳汀封连四州》,"共来百越文身地,犹自音书滞一乡",读来也是唏嘘。

公元 809 年,元稹妻韦丛去世。
这是元稹的中年剧变。

元稹

后人提起元稹,总爱与四个人纠缠不休。

《西厢记》里的崔莺莺是初恋女友;
女校书薛涛是绯闻女友;

"诗魔"白居易是"元白"搭档的挚友。

这三个人本来都已足够有名。

只有一个，因为元稹，念念不忘于后人的记忆里，那就是元稹的亡妻韦丛。

[离思五首（其四）] 元稹

曾经沧海难为水，除却巫山不是云。
取次花丛懒回顾，半缘修道半缘君。

后人对元稹的用情多有质疑。

然而，不是所有人都能终身带着"顾我无衣搜画箧，泥他沽酒拔金钗"的记忆，写下"衣裳已施行看尽，针线犹存未忍开""惟将终夜常开眼，报答平生未展眉"的感念。

这样的沉痛，绝不是、绝不是一个薄情人能写得出来的。

公元810年，河南令韩愈写信给一个年轻人，催他上京应试。

李贺

这个少年，早在他十六岁的时候，韩愈已经见过他并读过他的诗了。

〔雁门太守行〕 李贺

黑云压城城欲摧,甲光向日金鳞开。
角声满天秋色里,塞上燕脂凝夜紫。
半卷红旗临易水,霜重鼓寒声不起。
报君黄金台上意,提携玉龙为君死。

他叫李贺。

在韩愈的全力提携下,这年冬天,李贺参加河南府试,一举获隽,年底即赴长安应进士举。

可没想到,妒才者说:"李贺父亲名字中有个'晋'字,与'进士'的'进'犯讳,因此按礼,李贺是不能考进士的。"

韩愈被气笑了:"父亲名字有个'晋'字,儿子就不能考进士,如果有个'仁'字,儿子就不能做人了吗?"

尽管有韩愈的鼎力支持,但李贺终于未能参加考试,以落第之身,从京都归家。

五年以后,李贺早逝,以二十七岁的青春华年,留下"黑云压城城欲摧""男儿何不带吴钩,收取关山五十州""大漠沙如雪,燕山月似钩""天若有情天亦老"等金句。

虽然终究没有帮到李贺,但此时的韩愈,隐然已散发出文坛领袖的光芒。他身边聚集了郑余庆、张籍、李翱、皇甫湜以及裴度等一帮才子,尤其是孟郊也移来东都后,洛阳便隐隐形成了一个以此二人为中心,紧密团结在其周围的才子团。

孟郊

孟郊比韩愈年长十七岁。

贞元八年,他第一次落榜之时,就是韩愈终于金榜题名之时。这两个读书人,性情都和常人不太一样,又在当年考场门槛上一进一出,却不知什么原因看对了眼,互不嫌弃,互生欢喜。

韩愈曾写诗说:"……低头拜东野,愿得终始如驱蚩。东野不回头,有如寸莛撞巨钟。吾愿身为云,东野变为龙。四方上下逐东野,虽有别离无由逢?"这是和李白的"吾爱孟夫子"有异曲同工之妙啊!

孟郊的仕途比韩愈不如意多了,五十岁上才得了溧阳县尉这个小官,《游子吟》就写在他任溧阳县尉的时候:

[游子吟] 孟郊

慈母手中线,游子身上衣。
临行密密缝,意恐迟迟归。
谁言寸草心,报得三春晖。

韩愈曾说孟郊去溧阳的时候,"有若不释然者"——孟郊心里不痛快。

我猜,孟郊本无意于功名。

他性子孤僻,青年时隐居嵩山,壮年漫游江南,为陆羽的山舍题诗,和韦应物在苏州唱酬。

三赴考场,应试铨选,似乎都是"应母命"的纯孝子行为。

在溧阳,他常常弃公务不顾,自己在投金濑①和故平陵城附近一坐一天,或徘徊苦吟,最后县令只得另找了一个人来替他处理公务,分走他一半的薪俸。

"为人性僻耽佳句"这句子,该当送给孟郊才是。

后世的元好问因此唤他是"诗囚"。

同样苦吟的还有"诗奴"贾岛。他快要到洛阳和韩愈、孟郊相见了。

据说公元811年春天,贾岛到洛阳拜韩愈为师。

贾 岛

这是元和六年,大唐已将近200岁了。

诗人们不再清新稚拙,不再英气勃发,亦不再平和淡泊。

于是有了李贺的奇诡、孟郊的险僻以及贾岛的寒寂。

半俗半僧半仙的贾岛,一辈子都在"炼字"的途中。

炼"秋风吹渭水,落叶满长安"的时候,他撞上了大京兆刘栖楚,给抓了起来关了一晚。

炼"鸟宿池边树,僧敲月下门"的时候,他撞上了河南令韩愈——这回也给"抓"了起来关在韩愈心里,成了韩愈的忘年交和好诗友。

---

① 投金濑,即濑水,今名溧水,在江苏省溧阳市西北。——编者注

[题李凝幽居]　贾岛

闲居少邻并，草径入荒园。
鸟宿池边树，僧敲月下门。
过桥分野色，移石动云根。
暂去还来此，幽期不负言。

贾岛早年当过和尚，法号无本。后来韩愈劝他还俗应举，中了进士。后人说他"为僧难免思俗，入俗难弃禅心"，大概他一辈子都在这似僧似俗的门槛两边徘徊。

"孟郊死葬北邙山，从此风云得暂闲。天恐文章浑断绝，更生贾岛著人间。"

公元 814 年，韩愈心中"愿得终始如驱蛩"的孟郊去世了。

公元 824 年，感叹"更生贾岛著人间"的韩愈也去世了。

从此，只余贾岛踽踽独行。

孟郊、韩愈、贾岛生活的时代，正是唐朝大规模削藩、唐王朝复归于王权统一的元和时期，彼时大规模的牛李党争[①]还没有开始。

而他们身后，杜牧和李商隐都没有这么幸运。

[①] 牛李党争，指唐后期的 9 世纪前半期，以牛僧孺、李宗闵等为首的牛党与李德裕为首的李党之间的争斗，这场争斗是唐末年宦官专权、朝廷腐败衰落的集中体现。——编者注

公元833年，烟花三月的扬州，迎来了一位风流倜傥的年轻官员。

杜牧

那时的扬州，商贾云集，是唐代极为繁华的商业都市和人间乐园。

杜牧到扬州，是来当淮南节度使牛僧孺的掌书记的。他本来出自豪门世家，身带贵公子习气，公务之余，夜间常常私服外出，饮酒宴游，流连于花街柳巷。他的顶头上司牛僧孺待他很好，不放心，又不便拦阻，于是密派兵卒三十人，换了便服暗中跟随保护，而他始终没有察觉。

中年以后，杜牧回忆这一段生涯，无限感慨：

【遣怀】 杜牧

落魄江湖载酒行，楚腰纤细掌中轻。
十年一觉扬州梦，赢得青楼薄幸名。

其实，他不是只会写诗。
他的志向，也不是仅仅做个才子而已。

杜牧的政治才华十分出众。十几岁的时候，他写过十三篇《孙子》注解，也写过许多策论咨文。二十余岁，他便博通经史，尤其专注于治乱与军事。他也曾献计平房，被宰相李德裕采用，大获成功。

只可惜，他的伯乐牛僧孺和他的世交李德裕是最大的党争对手。他既无法见容于李党，更无法干脆归属到牛党。这一生，他注定郁郁而终。

同样陷身于牛李党争的，还有李商隐。
自公元840年起，李党领袖李德裕的权力达到巅峰。而李商隐，又一次错过了跻身权力阶层的最好的机会。

李商隐

义山（李商隐字义山）生平，只能以"叹息"二字来形容——从没见过一个因才华太出众而如此倒霉的人。
恩师令狐楚欣赏他，亲自教他作四六文，连遗嘱都让他写而不是让自己的儿子写。
边疆大吏王茂元欣赏他，将女儿王晏媄嫁与他。
而令狐楚是牛党，王茂元是李党。

李商隐在党争夹缝中付出了一生的代价。
恩师一家的冷淡，世人的毁谤，仕途的孤立无援，这些沉重的难以启齿的叹息，遍布他的字里行间。
公元851年，李商隐随柳仲郢入川。临行前，他去见了令狐绹并留下《无题》一篇：曾是寂寥金烬暗，断无消息石榴红。
清代学者冯浩如此描述："将赴东川，往别令狐，留宿而有悲歌之作也。"

这简简单单的几行字里,藏着多少不为人知的凄凉!

[锦瑟]　李商隐

锦瑟无端五十弦,一弦一柱思华年。
庄生晓梦迷蝴蝶,望帝春心托杜鹃。
沧海月明珠有泪,蓝田日暖玉生烟。
此情可待成追忆?只是当时已惘然。

公元858年,李商隐郁郁而逝。此年留下诗史上最晦涩难解的《锦瑟》,一千多年来,无人解得它真正的含意。

大唐的繁华与灿烂,到此已日暮途穷。
就如同李商隐的这首诗,往昔盛景只可追忆了。

之后,黄巢起义将藩镇割据后农民起义的高潮推向顶点。
这些,杜牧和李商隐都没有见到,而韦庄见到了。

韦庄

韦庄是韦应物的四世孙。
到韦庄这个时候,大唐已溃烂到一塌糊涂。

公元881年,黄巢率军直入长安。在长安应试、还没有走脱的韦庄因此身陷城中,目睹了小民的生死巨变、乱军的胡作非为、官兵的无能败退。

一年后,韦庄离开长安到洛阳,再一年,写下血泪交缠的《秦妇吟》。

[秦妇吟] 韦庄

中和癸卯春三月,洛阳城外花如雪。东西南北路人绝,绿杨悄悄香尘灭。路旁忽见如花人,独向绿杨阴下歇。凤侧鸾欹(qī)鬓脚斜,红攒黛敛眉心折。借问女郎何处来?含颦欲语声先咽。回头敛袂谢行人,丧乱漂沦何堪说!三年陷贼留秦地,依稀记得秦中事。君能为妾解金鞍,妾亦与君停玉趾。

前年庚子腊月五,正闭金笼教鹦鹉。斜开鸾镜懒梳头,闲凭雕栏慵不语。忽看门外起红尘,已见街中擂金鼓。居人走出半仓惶,朝士归来尚疑误。是时西面官军入,拟向潼关为警急。皆言博野自相持,尽道贼军来未及。须臾主父乘奔至,下马入门痴似醉。适逢紫盖去蒙尘,已见白旗来匝地。

扶羸携幼竞相呼,上屋缘墙不知次。南邻走入北邻藏,东邻走向西邻避。北邻诸妇咸相凑,户外崩腾如走兽。轰轰混混乾坤动,万马雷声从地涌。火迸金星上九天,十二官街烟烘焊。日轮西下寒光白,上帝无言空脉脉。阴云晕气若重围,宦者流星如血色。紫气潜随帝座移,妖光暗射台星拆。家家流血如泉沸,处处冤声声动地。舞伎歌姬尽暗捐,婴儿稚女皆生弃。

东邻有女眉新画,倾国倾城不知价。长戈拥得上戎车,回首香闺泪盈把。旋抽金线学缝旗,才上雕鞍教走马。

有时马上见良人，不敢回眸空泪下；西邻有女真仙子，
一寸横波剪秋水。妆成只对镜中春，年幼不知门外事。
一夫跳跃上金阶，斜袒半肩欲相耻。牵衣不肯出朱门，
红粉香脂刀下死。南邻有女不记姓，昨日良媒新纳聘。
琉璃阶上不闻行，翡翠帘间空见影。忽看庭际刀刃鸣，
身首支离在俄顷。仰天掩面哭一声，女弟女兄同入井；
北邻少妇行相促，旋拆云鬟拭眉绿。已闻击托坏高门，
不觉攀缘上重屋。须臾四面火光来，欲下回梯梯又摧。
烟中大叫犹求救，梁上悬尸已作灰。
妾身幸得全刀锯，不敢踟蹰久回顾。旋梳蝉鬓逐军行，
强展蛾眉出门去。旧里从兹不得归，六亲自此无寻处。
一从陷贼经三载，终日惊忧心胆碎。夜卧千重剑戟围，
朝餐一味人肝脍。鸳帏纵入岂成欢？宝货虽多非所爱。
蓬头垢面眉犹赤，几转横波看不得。衣裳颠倒语言异，
面上夸功雕作字。柏台多半是狐精，兰省诸郎皆鼠魅。
还将短发戴华簪，不脱朝衣缠绣被。翻持象笏作三公，
倒佩金鱼为两史。朝闻奏对入朝堂，暮见喧呼来酒市。
一朝五鼓人惊起，叫啸喧呼如窃语。夜来探马入皇城，
昨日官军收赤水。赤水去城一百里，朝若来兮暮应至。
凶徒马上暗吞声，女伴闺中潜生喜。皆言冤愤此时销，
必谓妖徒今日死。逡巡走马传声急，又道官军全阵入。
大彭小彭相顾忧，二郎四郎抱鞍泣。沉沉数日无消息，
必谓军前已衔璧。簸旗掉剑却来归，又道官军悉败绩。
四面从兹多厄束，一斗黄金一斗粟。尚让厨中食木皮，
黄巢机上刲人肉。东南断绝无粮道，沟壑渐平人渐少。
六军门外倚僵尸，七寨营中填饿殍。长安寂寂今何

有？废市荒街麦苗秀。采樵斫尽杏园花，修寨诛残御沟柳。华轩绣毂皆销散，甲第朱门无一半。含元殿上狐兔行，花萼楼前荆棘满。昔时繁盛皆埋没，举目凄凉无故物。内库烧为锦绣灰，天街踏尽公卿骨！
来时晓出城东陌，城外风烟如塞色。路旁时见游奕军，坡下寂无迎送客。霸陵东望人烟绝，树锁骊山金翠灭。大道俱成棘子林，行人夜宿墙匡月。明朝晓至三峰路，百万人家无一户。破落田园但有蒿，摧残竹树皆无主。路旁试问金天神，金天无语愁于人。庙前古柏有残枿，殿上金炉生暗尘。一从狂寇陷中国，天地晦冥风雨黑。案前神水咒不成，壁上阴兵驱不得。闲日徒歆奠飨恩，危时不助神通力。我今愧恋拙为神，且向山中深避匿。寰中箫管不曾闻，筵上牺牲无处觅。旋教魔鬼傍乡村，诛剥生灵过朝夕。妾闻此语愁更愁，天遣时灾非自由。神在山中犹避难，何须责望东诸侯！
前年又出扬震关，举头云际见荆山。如从地府到人间，顿觉时清天地闲。陕州主帅忠且贞，不动干戈唯守城。蒲津主帅能戢兵，千里晏然无犬声。朝携宝货无人问，暮插金钗唯独行。明朝又过新安东，路上乞浆逢一翁。苍苍面带苔藓色，隐隐身藏蓬荻中。问翁本是何乡曲？底事寒天霜露宿？老翁暂起欲陈辞，却坐支颐仰天哭。乡园本贯东畿县，岁岁耕桑临近甸。岁种良田二百廛（chán），年输户税三千万。小姑惯织褐绝袍，中妇能炊红黍饭。千间仓兮万丝箱，黄巢过后犹残半。自从洛下屯师旅，日夜巡兵入村坞。匣中秋水拔青蛇，旗上高风吹白虎。入门下马若旋风，罄室倾囊如卷土。家财既尽骨肉离,今日垂年一身苦。一身苦分何足嗟,山中更有千万家,朝饥山上寻蓬子,夜宿霜中卧荻花!

妾闻此老伤心语,竟日阑干泪如雨。出门惟见乱枭鸣,更欲东奔何处所?仍闻汴路舟车绝,又道彭门自相杀。野宿徒销战士魂,河津半是冤人血。适闻有客金陵至,见说江南风景异。自从大寇犯中原,戎马不曾生四鄙。诛锄窃盗若神功,惠爱生灵如赤子。城壕固护教金汤,赋税如云送军垒。奈何四海尽滔滔,湛然一境平如砥。避难徒为阙下人,怀安却羡江南鬼。愿君举棹东复东,咏此长歌献相公。

公元900年,韦庄对唐政权彻底绝望,入蜀投靠王建。
公元907年,唐哀帝被迫将皇位"禅让"给朱温[①]。
后梁建立。
大唐灭亡。

韦庄闻讯,率蜀地官吏民众大哭三天,拥立王建为后蜀皇帝。
从此,韦庄再没有回到中原。

[台城] 韦庄

江雨霏霏江草齐,六朝如梦鸟空啼。
无情最是台城柳,依旧烟笼十里堤。

---

① 梁太祖朱温(852~912),后梁开国皇帝,唐僖宗曾赐名"朱全忠",即位后改名为"朱晃"。——编者注

曾辉煌立于世间289年的大唐,就像韦庄写的这首诗,到此烟消云散,只留下如梦旧事。

唐诗的时代结束,

小令,即将上场。

陆

五代词
19个人的盛世和乱世

大抵乱世总有一些别样风致。乱世的魏晋风度,教多少名士竞折腰,同样出自乱世的五代词,骨子里的那些古艳婉转,至今犹风姿楚楚。

在唐诗和宋词中间的年代里,有一种文字尴尬地存在着。它被收录在《全唐诗》里,可是它长得却像《全宋词》。

那是词的小时候。
生长在混乱分裂的晚唐和五代十国。

唐帝国是907年亡的,大宋是960年宋太祖黄袍加身建立的,夹在唐诗和宋词之间的五代词,要上溯到唐亡很早以前的宣宗大中年间……
那时候,有个人叫温庭筠(yún)。

温庭筠

温庭筠原先不叫温庭筠,叫温岐。
他是唐初宰相温彦博的后裔。出身富贵,年少有才,难免张狂放纵。他有个表哥叫姚勖,是名相姚崇的五世孙,当时在湖州任刺史,很照顾这个小表弟,给了他很多钱去买书看。

但是温岐同学,却把钱都花到青楼里了……

姚勖大怒,亲自把他拖回来,"笞且逐之"。

温岐深以为耻,从此改名叫温庭筠。

温庭筠大量的《菩萨蛮》都写于大中年间。因为宣宗喜欢,而令狐绹①又写不出来,就让温庭筠代写了二十首上呈。下面是其中的一首:

[菩萨蛮·小山重叠金明灭]　温庭筠

小山重叠金明灭,鬓云欲度香腮雪。懒起画蛾眉,弄妆梳洗迟。
照花前后镜,花面交相映。新帖绣罗襦,双双金鹧鸪。

江湖上关于温庭筠的传说很多。

比如,据说他叉手构思就能写出一首应试诗,被唤为"温八叉"。

比如,据说他善吹奏,只要是有孔的他就能吹响。

比如,据说他是"唐代四大才女"之一鱼玄机的初恋老师。

传说多,写得也多。

赵崇祚编《花间集》②,一上来就选了温庭筠的六十六首词,

---

① 令狐绹(795~879),字子直,唐朝宰相,太尉令狐楚之子。——编者注
② 《花间集》由后蜀人赵崇祚编集,是文学史上第一部文人词选集。——编者注

并非毫无道理。

他是唐人中第一个大写特写词的人,也是后来柳永、李清照、秦观他们的前辈。

身为宰相的亲戚,而长期考不中进士的,温庭筠可不是独一个。还有一人,便是皇甫松。

皇甫松

皇甫松是工部侍郎皇甫湜的儿子,也是宰相牛僧孺的外甥。

《花间集》中称他为"皇甫先辈"。

唐人习惯把进士叫作"先辈",但皇甫松的进士,是去世之后唐昭宗追赠给他的。他早年考过很多次,和温庭筠一样,也是屡考不中。

皇甫松的一生也许短暂。短到来不及再考五十年,短到词写得极好却没留下什么故事。短到如他词里的那枝烛,悄然燃尽,无人知觉。

〔忆江南〕 皇甫松

兰烬落,屏上暗红蕉。闲梦江南梅熟日,夜船吹笛雨潇潇。人语驿边桥。
楼上寝,残月下帘旌。梦见秣陵惆怅事,桃花柳絮满江城，双髻坐吹笙。

他是江南人，生在江南长在江南，却为什么写了这首"闲梦江南"的忆江南呢？

为什么故老相传，甘肃灵台城外高高的两个土堆里，葬着皇甫松、皇甫竹两兄弟呢？

甘肃灵台，有牛僧孺的墓地，也是皇甫氏先祖的发源地。

据说当年，皇甫松兄弟长途跋涉去往灵台，中途染病而亡，最后葬在距离灵台县城十公里的地方。

他人生中最后的岁月留在了灵台，而他的灵魂，仍徘徊在江南的梦里水乡。

"无端隔水抛莲子，遥被人知半日羞。"

"梦见秣陵惆怅事，桃花柳絮满江城。双髻坐吹笙。"

晚清著名词家陈廷焯的《白雨斋词话》里说，唐人里除了温庭筠，再没有比皇甫松写得更好的了。

读到那样的句子，谁还在意他是不是中过进士呢！

尤其是在这样的一个乱世，有没有中过进士，是不是高贵门第出身，都不是那么重要了。

878年，有两个举子同时赴京考进士。一个落第，一个及第。

落第的那位，叫韦庄。及第的那位，叫牛峤。

牛峤

牛峤和皇甫松是亲戚,皇甫松是牛僧孺的外甥,而他是牛僧孺的孙子。

出身于这样显赫的门庭,本来就赢在了人生的起跑线上,可惜生逢乱世,他中进士才两年,黄巢起义军就攻破长安,于是名相之后也只能于战乱中颠沛流离。几年以后,又有襄王李煴之乱,牛峤先是流落吴越,后又寄身巴蜀,过着渡口杨花般的飘荡生涯。

曾经的锦衣玉食、樽前月下,留给他的只剩下无比惆怅的回忆。

[西溪子] 牛峤

捍拨双盘金凤,蝉鬓玉钗摇动。画堂前,人不语,弦解语。
弹到昭君怨处。翠蛾愁,不抬头。

牛峤也是最早写咏物词的人。

他咏燕子的"体轻唯有主人怜,堪羡好因缘"和咏绣被的"不是鸟中偏爱尔,为缘交颈睡南塘",读来让人耳热心跳……

还有,"须作一生拚,尽君今日欢"也是他写的……

没办法。这个时代的词,就是如此张扬外放的……

你说热烈率性也好,说艳冶放浪也好,乱世啊,乱了的不但是大唐帝国,还有文字的端庄沉静。

907 年，朱温逼唐哀帝让位，近三百年的唐帝国轰然坍塌，天下大乱。

朱温建了梁。
王建建了蜀。
马殷建楚。王审知建闽。刘隐建南汉。杨行密建南吴。钱镠建吴越。
耶律阿保机统一契丹各部，建立"契丹"，就是后来的辽国。

中国由此进入了分裂割据、政权频迭的五代十国时期。

天下乱到这种地步，诸侯们纷纷据土立国，百无一用的书生前路几何？

有很多人去了西蜀。
还有一些，滞留长安，四处漂泊，在这些人里，就有写"多情只有春庭月，犹为离人照落花"的张泌。

张泌

唐亡以后，张泌可能事马楚[①]为舍人，也可能滞留长安、成都、边塞等地。总之是四处漂泊，为米折腰。像一只疲倦的蝴蝶，不再能忆当初的韶华光景。

[①] 马楚，又称南楚、楚国，五代十国时期南方十国之一。——编者注

[蝴蝶儿] 张泌

蝴蝶儿,晚春时。阿娇初著淡黄衣,倚窗学画伊。还似花间见,双双对对飞。无端和泪拭胭脂,惹教双翅垂。

然而唐帝国的坠落,也成全了一些人。

韦庄

韦庄是苏州刺史韦应物的四世孙,文昌右相韦待价的七世孙。他的出身,是京兆韦氏[①]东眷逍遥公房。

这高贵的门第,并没有为韦庄换得早年的富贵。直到快六十岁时他才考取进士,奉命入蜀劝解西川节度使和东川节度使的恩怨,命运的眷顾这才姗姗来迟。

西川节度使王建对他的种种恩遇,终于使他下了决心留在西蜀,并在唐亡的时候全力扶助王建做了蜀国皇帝。

唐朝皇帝没有给韦庄的富贵荣华与宏图大志,王建全都给了他。

而他,也没有辜负王建。

他给了王建一个国富民安的前蜀,一个大唐风华的翻版,

---

① 京兆韦氏,唐代最重要的士族家庭之一,在当时极具影响力。——编者注

也慰他对大唐和江南的思念。

[菩萨蛮·人人尽说江南好] 韦庄

人人尽说江南好，游人只合江南老。春水碧于天，画船听雨眠。
垆边人似月，皓腕凝霜雪。未老莫还乡，还乡须断肠。

除了思念，一切似乎都好。位极人臣的他，了却君王天下事，赢得生前身后名，大丈夫平生所愿，不就是如此吗？

但韦庄也有自己的苦恼。

王建要走了他最心爱的姬妾，他写"记得那年花下，深夜，初识谢娘时"，他写"四月十七，正是去年今日"，他写"夜夜相思更漏残，伤心明月凭阑干，想君思我锦衾寒。咫尺画堂深似海，忆来惟把旧书看，几时携手入长安？"

他只能执笔喟叹而已。
毕竟长安是回不去了。

公元910年，韦庄去世。
这一年，和凝十三岁。
再过得几年，这位"曲子相公"将以风一样的速度，十七岁登明经，十九岁登进士第，四十四岁位极人臣。

和凝

和凝很会写词,所以被契丹人称为"曲子相公"。
但他少年时写的那些旖旎婉转的词,大多被自己烧掉了。

[山花子] 和凝

银字笙寒调正长,水纹簟冷画屏凉。玉腕重因金扼臂,
淡梳妆。
几度试香纤手暖,一回尝酒绛唇光。伴弄红丝蝇拂子,
打檀郎。

和凝其实并不是个只会旖旎婉转的人,他在政治、法医学领域都颇有建树。

他年轻的时候在后梁的郓州军中,曾单身一人护卫主帅逃命;

后来他与儿子和㠓一起编《疑狱集》,收集了许多复杂难判却终获公正的案子,力避冤假错案的以讹传讹;

他主持进士考试,选拔了许多贤人志士;

安从进谋反时,他巧妙应对,终于挫败叛军的阴谋。

有人曾力证韦庄、鱼玄机、和凝是同一个人。
这样的想象力不知从何而来。
也许只因为他的一生太像个传奇。

公元916年,就是和凝登进士第这一年,前蜀的顾复

（xiòng）见秃鹫翔于摩诃池上，作诗讽刺，差点被杀。

顾敻

这个摩诃池，正是以后孟昶的花蕊夫人"冰肌玉骨清无汗"的所在。

前蜀亡国以后十几年，顾敻在后蜀做官，若见着摩诃池边的浓情蜜意，不知会做词讽刺么？

[荷叶杯·春尽小庭花落]　顾敻

……一去又乖期信，春尽，满院长莓苔。手挼裙带独裴回，来摩来，来摩来。

况周颐[①]说他古艳入骨，郑文焯说他"极古拙，亦极高淡"，并且说只有五代时人，才能写得出这样的句子。

他的"教人魂梦逐杨花，绕天涯"，后来小晏改写成"梦魂惯得无拘检，又踏杨花过谢桥"，读来令人无限惆怅。

大抵乱世总有一些别样风致。乱世的魏晋风度，教多少名士竞折腰，同样出自乱世的五代词，骨子里的那些古艳婉转，至今犹风姿楚楚。

但当然亦有异响。

[①] 况周颐（1859~1926），晚清官员、词人，"清末四大家"之一。——编者注

毛文锡

十四岁进士及第的毛文锡,比和凝还要天才卓异。

公元917年,毛文锡因与前蜀宰相张格、宦官唐文扆(yǐ)争权,被贬茂州司马,子员外郎毛询流放维州。

在唐五代词人里,毛文锡是第一个写出"边声四起"的人。

[甘州遍·秋风紧] 毛文锡

秋风紧,平碛雁行低,阵云齐。萧萧飒飒,边声四起,愁闻戍角与征鼙(pí)。
青冢北,黑山西。沙飞聚散无定,往往路人迷。铁衣冷,战马血沾蹄,破蕃奚。凤皇诏下,步步蹑丹梯。

要到几百年后,范仲淹才写了"衡阳雁去无留意""四面边声连角起""燕然未勒归无计"这样的句子。

公元918年,毛文锡被贬茂州司马的第二年,王建去世,王衍继位。

韦庄为王建倾力打造的前蜀,在王衍手里只维持了七年。为什么呢?因为王衍残暴且昏庸。

上面有君主残暴昏庸,下面就有臣子恃才傲物。

薛昭蕴

这个恃才傲物的臣子叫薛昭蕴。在他当侍郎的时候,上朝也旁若无人,弄笏(hù)而行,好唱《浣溪沙》词。

他的门生辞归乡里时曾经劝他:"如今拜别,我只有一件事请求您,求您不要弄笏与唱《浣溪沙》了。"

薛昭蕴是否听了进去,不知道。数年以后,他持笏的那个国亡了。他爱唱的《浣溪沙》真是应景:

[浣溪沙·倾国倾城恨有馀] 薛昭蕴

倾国倾城恨有馀,几多红泪泣姑苏,倚风凝睇雪肌肤。
吴主山河空落日,越王宫殿半平芜,藕花菱蔓满重湖。

公元 925 年,前蜀的君臣站成一排降了后唐。
这里面是否有薛昭蕴?史籍中没有记载。
但其中,却有牛峤的侄子牛希济。

牛希济

牛希济早年即有文名,后遇丧乱,流落于蜀,与牛峤相依为命,又后来被王建赏识,任前蜀起居郎,在王衍朝廷做到翰林学士、御史中丞,过了很长一段岁月静好的日子。

［生查子］ 牛希济

春山烟欲收,天淡星稀小。残月脸边明,别泪临清晓。语已多,情未了,回首犹重道:记得绿罗裙,处处怜芳草。

牛峤词风的艳丽浪漫,在牛希济这里渐变为清纯温婉。但整个唐五代词"只合十七八女郎,执红牙板"轻歌曼舞的这般华丽气质,并没有因为紧随而来的亡国变故而有所改变。

天下兵火四起,生民颠沛。
词笺里的世界,仍然是温柔的、婉约的、华美的。

欧阳炯在《花间词》序里说得再也清楚不过:"镂玉雕琼""裁花剪叶"这些词,艳美无比。

欧阳炯

《花间集》是赵崇祚收集整理的,但是说明《花间集》由来的序,是欧阳炯写的。

前蜀亡后,他和牛希济一样跟着王衍降了后唐。

后唐亡,他降了后蜀。

再后后蜀亡,他降了大宋。

他一生经历了整个五代的兴与亡,也经历了一个文人所能遇到的盛与衰:他曾当过宰相,也曾被罢过官。

欧阳炯是个多才多艺的人。精长笛，通绘画，能文善诗，极工小词。尤其小词里的那些绝妙之笔实在令人倾服：

〔清平乐·春来街砌〕　欧阳炯

春来街砌，春雨如丝细。春地满飘红杏蒂，春燕舞随风势。
春幡细缕春缯，春闺一点春灯。自是春心缭乱，非干春梦无凭。

八句连用十个春字，却不让人厌烦，这样的玲珑心窍，不是每个人都有的。

可惜，他生在五代。五代的词，连词人自己，也不大重视。最多，也就是货与帝王家，让一个两个爱文字的君王青睐有加罢了。

在牛希济和欧阳炯排队侍奉新君主的时候，也有一些人，抱定了不仕新君的决心，比如——

鹿虔扆

这个鹿虔扆大概是对蜀情有独钟。
前蜀亡，他出走；
后蜀亡，他终身不仕。

[临江仙·金锁重门荒苑静]　鹿虔扆

金锁重门荒苑静,绮窗愁对秋空。翠华一去寂无踪。
玉楼歌吹,声断已随风。
烟月不知人事改,夜阑还照深宫。藕花相向野塘中。
暗伤亡国,清露泣香红。

这首暗伤亡国的词,比李煜的"春花秋月何时了"大概要早了五十来年。

然而,奈何!

在这场亡国的冲袭下,亦有人飘然远去,不知所踪。比如国舅李珣。

李珣

李珣的妹妹舜弦是王衍的昭仪。李珣自己是秀才,通医理,也卖香药——他的祖先是波斯人,有着波斯人制香的本事。

前蜀亡后不久,李珣从蜀中乘船沿长江东下,在湖南、湖北一带过了一段时期的隐居生活,然后溯湘水而上,在岭南生活了很长时期。他在这些地方来来去去,写了很多向往隐逸的词作,《渔歌子》便是其中之一。

[渔歌子·荻花秋]　李珣

荻花秋,潇湘夜,橘洲佳景如屏画。碧烟中,明月下,小艇垂纶初罢。

水为乡,篷作舍,鱼羹稻饭常餐也。酒盈杯,书满架,名利不将心挂。

在唐张志和写出"青箬笠,绿蓑衣"以后,只有李珣这样写过。后来朱敦儒写出同样情调的《好事近》,那已在两百年以后了。

和李珣一样,远走他乡的还有孙光宪。

孙光宪

前蜀被后唐灭国这一年,孙光宪正好二十五岁。

虽然正好是做出一番事业的盛年,但他还是离开了。他从嘉州乘舟南行,前往江陵(南平国)避乱,这一走就是四十多年,从此再也没有机会回到家乡,一直到离世。

[浣溪沙·半踏长裾宛约行]　孙光宪

半踏长裾宛约行,晚帘疏处见分明,此时堪恨昧平生。
早是销魂残烛影,更愁闻着品弦声,杳无消息若为情。

公元934年,前蜀亡国第十年。

十年里岁月如流水,故国和故人,都杳无音讯。

但此时忽然传来消息,后唐发生内乱,西川节度使孟知祥据蜀自立,建了后蜀。

摩诃池荡漾的余波,送走了前蜀主王衍,又迎来了后蜀主孟知祥和他的儿子孟昶。

孟昶

喜欢诗词的人知道孟昶,大抵是因为苏东坡写过一阕《洞仙歌》,说有一老尼,原是后蜀花蕊夫人的侍女云云。苏轼的《洞仙歌》,其实是根据孟昶的《玉楼春·避暑摩诃池上作》翻写的:

[玉楼春·避暑摩诃池上作]   孟昶

冰肌玉骨清无汗,水殿风来暗香暖。帘开明月独窥人,欹枕钗横云鬓乱。
起来琼户寂无声,时见疏星渡河汉。屈指西风几时来,只恐流年暗中换。

孟昶曾经是个励精图治的君王。蜀国曾享有三十年的和平繁华。

但后世只记得,他为花蕊夫人写的这阕词。这阕词描绘了君王与夫人一同避暑的场景,也寄托了对流光易逝的隐忧。

君王爱词,他手下写得一手好词的能臣自然不少,毛熙震就是这么一位。

毛熙震

毛熙震是蜀人，关于他的资料很少，《花间集》称他"毛秘书"，因为他任过秘书监。

秘书监是专掌国家藏书与编校的官职，谢灵运、贺知章、白居易都曾做过，看看毛熙震写的词，便知能当秘书监的，才情大抵是不差的。

[何满子·寂寞芳菲暗度] 毛熙震

寂寞芳菲暗度，岁华如箭堪惊。缅想旧欢多少事，转添春思难平。

曲槛丝垂金柳，小窗弦断银筝。深院空闻燕语，满园闲落花轻。

一片相思休不得，忍教长日愁生，谁见夕阳孤梦？觉来无限伤情。

那时蜀国里词写得最好的，当推鹿虔扆、欧阳炯、韩琮、阎选和毛文锡五人。他们都工小词，也都因为这样的本事得君王青睐，当然讨厌他们的人，背地里也叫他们五位是"五鬼"。

在孟昶君臣的歌舞升平中，外面的世界仍然是激烈的干戈交战。

公元936年，石敬瑭建后晋。后唐亡国。
公元943年，南唐先主李昪去世，李璟嗣位。

李璟

　　李璟在政治上没有什么大作为,但是他喜欢文学,并且词写得很好。他的儿子,就是著名的才子皇帝李煜。

　　李煜的天才,大概从他那里继承来不少。

〔摊破浣溪沙·手卷真珠上玉钩〕 李璟

手卷真珠上玉钩,依前春恨锁重楼。风里落花谁是主?思悠悠。
青鸟不传云外信,丁香空结雨中愁。回首绿波三楚暮,接天流。

　　这哪里还像个君王?

　　君王的霸气和壮志,空空无有……这分明,就是个细腻又多愁的词人啊!

　　李璟和孟昶一样,天天领着一群臣子沉醉于写歌词。他最喜欢的才子,是冯延巳。

冯延巳

　　冯延巳是五代词人里又一个宰相,但是这个宰相,可有点儿名不符实。

冯延巳的政治见解和政治才干可算平庸。但是李璟登基的第二年，就任命冯延巳做了翰林学士承旨（实掌宰相之权），甚至为了包庇冯延巳，和韩熙载等朝臣们闹得不可开交。

君主爱才子，那有什么办法呢？

[鹊踏枝·谁道闲情抛掷久] 冯延巳

谁道闲情抛掷久？每到春来，惆怅还依旧。日日花前常病酒，敢辞镜里朱颜瘦。

河畔青芜堤上柳。为问新愁，何事年年有。独立小桥风满袖，平林新月人归后。

这样的词，我们看了都想拍桌子叫好呢，何况李璟？

左一句"风乍起，吹皱一池春水"；

右一句"魂梦任悠扬，睡起杨花满绣床"；

再一句"双燕来时，陌上相逢否？"

——除了政绩平平，冯延巳实在让人拍手称绝。

"一愿郎君千岁，二愿妾身常健，三愿如同梁上燕，岁岁长相见。"的《长命女·春日宴》也是冯延巳写的。

可惜，南唐的命没有那么长。

公元975年，在风雨飘摇中苦苦支撑二三十年后，南唐被大宋所亡。末代皇帝李煜挥泪对宫娥。

李煜

这一年,李煜三十八岁。

在此之前数十年,李煜醉心艺文,很有生活情趣。他用嵌有金线的红丝罗帐装饰墙壁,又用绿宝石镶嵌窗格,以红罗朱纱糊在窗上;屋外则广植梅花,于花间设置彩画小木亭,和爱姬赏花对饮。每逢春盛花开,就在梁栋、窗户、墙壁和台阶上布满鲜花,号为"锦洞天"。每年七夕生日,李煜必命人用红、白色丝罗百余匹,作月宫天河之状,整夜吟唱作乐,天明才撤去。

当个词人,李煜可算绝代,但偏偏可怜薄命作君王。更可怜的是做了末代君王。

[破阵子·四十年来家国] 李煜

四十年来家国,三千里地山河。凤阁龙楼连霄汉,玉树琼枝作烟萝,几曾识干戈?
一旦归为臣虏,沈腰潘鬓消磨。最是仓皇辞庙日,教坊犹奏别离歌,垂泪对宫娥。

三年以后的七夕生日,不知李煜是否仍命人用红、白色丝罗百余匹,作月宫天河之状?我们知道的是,那一晚他写了一首新词,整夜吟唱作乐,直到天明宋太宗送来一杯毒酒。

他将所有的爱恨情仇，几多往事，全部都倾注在那杯毒酒里，一饮而尽：

雕栏玉砌应犹在，只是朱颜改。问君能有几多愁？恰似一江春水向东流。

公元979年，十国中的最后一个政权"北汉"灭亡。

皇权归于大宋一统。

北宋词，徐徐拉开了庄严大幕。继唐诗之后，一段新的华彩乐章将在人世间，留下永久的回响。

柒

北宋词
所谓风流，就是这36个人的137年

多少年后，有许多人都会唱：：白发渔樵江渚上，惯看秋月春风。一壶浊酒喜相逢。古今多少事，都付笑谈中。——我们在明代杨慎的这首词里，读到了北宋词人张昪的相似感受：多少六朝兴废事，尽入渔樵闲话。

《全宋词》辑录的1330位词人共19900首词，很少有人能看完。

这些词里记录着这些词人如何走过公元960~1127年的167年，记录着个人的命运如何被时代的潮流裹挟沉浮，记录着世间多少风流，绚烂于斯，绽放于斯，又湮灭于斯。

让我们回到赵匡胤初初黄袍加身的那几年。
那时候的宋，仍是金戈铁马，刀剑纵横。

公元964年。
后蜀的摩诃池边，站着一位夜不能寐的国君。

孟昶

这年夏天，赵匡胤已经打下了荆、楚二州，后蜀的水陆边防相继失守，亡国对于国君孟昶来说，已近在眼前。

但他仍在摩诃池上伴着他心爱的花蕊夫人消夏。

[玉楼春·冰肌玉骨清无汗]　孟昶

冰肌玉骨清无汗，水殿风来暗香暖。帘开明月独窥人，
欹枕钗横云鬓乱。
起来琼户寂无声，时见疏星渡河汉。屈指西风几时来，
只恐流年暗中换。

汴梁城有宋的探子。孟昶自然知道，他在摩诃池上风流旖旎之时，正是赵匡胤磨刀霍霍之际。

但花蕊夫人不知道。他大概也情愿她不知道。深夜的摩诃池边，他独立中庭，清醒又绝望——西风逼近，流年暗换，他的拖延，也许只是在等一个不可能的奇迹。

然而这个奇迹到底没有来。

写下这首词半年以后，孟昶投降被俘，从成都押解去北宋汴京。迢迢长路，曾经的蜀国百姓一路跟随，哭得撕心裂肺，据说恸绝者不下百人。又半年，孟昶到达汴京，七天后去世，年仅四十七岁。

同样亡了的还有李煜的南唐。

公元 975 年。
那个冬天，对李煜来说一定是从未有过的彻骨寒冷。

李煜

南唐最后的日子算得上惨烈。在宋军的昼夜进攻下,十一月二十七日,金陵城援尽、粮绝、城破,守将战死,大臣殉国,李煜率子弟及官属四人出降,北上汴梁。

李煜被封为"违命侯"——他的阳奉阴违,他的不甘屈服,他长达数年的抵抗,终究是宋家皇帝心中的一根刺。

三年后的七夕,违命侯为自己的生辰填了一首新词,整夜吟唱作乐、歌舞震天,直到天明宋太宗派赵廷美送来一杯毒酒。

这首绝命词,便是《虞美人·春花秋月何时了》。

[虞美人·春花秋月何时了] 李煜

春花秋月何时了?往事知多少。小楼昨夜又东风,故国不堪回首月明中!
雕栏玉砌应犹在,只是朱颜改。问君能有几多愁?恰似一江春水向东流。

就这样,后蜀国和南唐国归于寂灭。
而吴越国的命运呢?

当李煜向吴越王求援,而钱弘俶以沉默回应的时候,吴越国的命运就早已注定。

公元978年。
就是李煜去世的那一年,吴越国的君王钱弘俶带着三千多人北上汴梁，面见宋太宗，愿意归于大宋一统。

在跟随吴越王的人群里，有一个小小的两岁孩儿，是钱弘俶的第十四子钱惟演。

钱惟演

钱惟演一生顺遂。

这个吴越国王室的后裔与大宋国的太后结成了亲家，平安地当到崇信节度使，正是东坡先生所希望的"无灾无难到公卿"。

钱惟演有才，也聪明，只是晚年，他千算万算，却不料机关算尽，反误了卿卿前程。

他被弹劾，被远远地贬到随州。京城是再也回不去了。他知道，却无奈，只能酒后唱起《玉楼春·城上风光莺语乱》，一遍又一遍，唱到泪下。

[玉楼春·城上风光莺语乱] 钱惟演

城上风光莺语乱，城下烟波春拍岸。绿杨芳草几时休，泪眼愁肠先已断。
情怀渐觉成衰晚，鸾镜朱颜惊暗换，昔年多病厌芳尊，今日芳尊惟恐浅。

《玉楼春》就是《木兰花》。钱弘俶生前也常常唱这曲子。

跟随过钱弘俶的歌姬惊鸿，听了失色，说道："先王晚年曾自作挽歌《木兰花》，莫非小相公也要死了吗？"

不料这曲子真成谶语，不到一年，钱惟演病故于随州。

他一生的雄心，随之湮灭。

阖眼之时，他可曾记起那一年的北上途中，卷起的漫天风尘？

他可曾记得，漫天风尘下的人群里有一名范姓军官——以后他的儿子，将成为大宋朝三百年几乎唯一的完人，死后谥名文正，被后世称为范文正公。

不过现在谈他，还早了些。

公元979年。

宋朝的版图仍在血与火中，不屈不挠地扩大，继后蜀、南唐、吴越之后，又增加了北汉。

这样，除了燕云十六州，赵家终于将中原阖闾一统，强盛的繁华的大宋帝国呼之欲出。

宋词的春天这就要开始了吗？

那些土生土长的著名词人就要出场了吗？

——别急，还得稍微再等一等。

犹如冬寒未解，在最灿烂的时光到来之前，也会有零星几枝早梅摇曳生姿。其中有一人，名叫潘阆。

公元982年，潘阆因为卷入魏王赵廷美夺位案第一次逃亡⋯⋯

潘阆

……为什么说第一次呢?

因为潘阆十几年后又卷入了第二次皇宫夺位案并且又再次逃亡了。

人生中一连两次卷进最高级别宫斗,不但每次都胜利逃走,逃走后竟然还敢回来,回来被抓住了竟然还能免罪——不得不说,潘阆这个人的确不一般,他的一生也颇具传奇色彩。

潘阆早年以贩药为生,在成都和汴京都摆过药摊子。卷入魏王案以后,他逃亡到钱塘和会稽一带,"跨江而来,跨江而去"地卖药。可别小看这个流动药贩子,那时他的观潮词就很出名了。

[酒泉子·长忆观潮] 潘阆

长忆观潮,满郭人争江上望。来疑沧海尽成空,万面鼓声中。
弄潮儿向涛头立。手把红旗旗不湿。别来几向梦中看,梦觉尚心寒。

潘阆写这首词的时候不过二十出头,正是风华正茂少年郎。
你说他是才子吧,他说他是隐士,自号"逍遥子"。
你说他是隐士吧,他的药都卖给了当朝的文坛巨子、政坛名流。

你说他是善于钻营的药贩子吧,他当了国子四门助教没几天就狂态毕露,逼得太宗收回诏命。

你说他游戏人间吧,他两度搅和进皇室争位案中,搅出满天星斗……

宋人有一则流传很广的人名诗谜——"任他风雨满江湖",说的就是潘阆。

真是纷纷扰扰,真真假假,潘阆最终给世人留下满天风雨,自己却隐入钱塘小巷中逍遥去也。这条巷子以后就叫作潘阆巷。

比起潘阆的闹腾,林逋就安静多了。

四十岁以前,林逋几乎没有留下什么痕迹。

林逋

他们都隐于钱塘。

且年岁相近。

潘阆写"长忆观潮"的时候,同样二十岁左右的林逋写的是"江头潮已平"。

[长相思·吴山青]   林逋

吴山青,越山青,两岸青山相对迎,谁知离别情?

君泪盈、妾泪盈,罗带同心结未成,江头潮已平。

林逋是大里黄贤村人,也有人说他是杭州钱塘人,总归是个浙江人，和潘阆一样，他也是个神童，据说通晓经史百家。没有多少人知道他四十岁以前的经历，《梦溪笔谈》里描写他十分豪放张狂，常跟人说："世间事皆能之，惟不能担粪与着棋。"

世间事皆能之，大概也是世间事皆漫不着心。

他写诗随写随弃，从不留着。但毕竟也留下了一些。一句"疏影横斜水清浅，暗香浮动月黄昏"让多少人眼前有梅道不得。

四十岁以后的林逋是我们熟悉的"梅妻鹤子"的隐士，他漫游江淮，隐居西湖，结庐孤山。喜欢驾着小舟遍游西湖寺庙，与高僧诗友交接往还。有人来寻他，候门的童子便放飞一只鹤去喊他回家。

时光流转。

公元989年，范仲淹出生。
公元990年，张先出生。
公元991年，晏殊出生。
公元992年，张昪（biàn）出生。

从这时候起，北宋的词坛大佬们，正结伴而来。
而有一个人，比他们走得都更快些。他叫柳永。

公元1003年。
弱冠之年的柳永，怀抱着满腔抱负，到了林逋出生的钱塘，求见潘阆曾经的好友——太守孙何。

柳永

他求见的方式很是特别。

自己制曲填了一首《望海潮·东南形胜》,寻了杭州城最有名的歌妓楚楚,求她在孙府宴席上唱曲子:"孙相公若问起这曲子是谁写的,你便说是柳七。"

后来这曲子倾倒四座,亦倾动全城和孙何。

[望海潮·东南形胜]　　柳永

东南形胜,三吴都会,钱塘自古繁华。烟柳画桥,风帘翠幕,参差十万人家。云树绕堤沙,怒涛卷霜雪,天堑无涯。市列珠玑,户盈罗绮,竞豪奢。
重湖叠巘清嘉。有三秋桂子,十里荷花。羌管弄晴,菱歌泛夜,嬉嬉钓叟莲娃。千骑拥高牙。乘醉听箫鼓,吟赏烟霞。异日图将好景,归去凤池夸。

钱塘城为柳七倾倒,柳七亦为这城倾倒。他终日沉醉于烟柳画桥和风帘翠幕中,忙着给歌伎舞女们写词,阴差阳错的,他后来成为第一个大量写慢词的人,还成为两宋词坛创用词调最多的词人——宋词880多个词调中,属于他首创或首次使用的就有一百多个。词在他手里,玩出了令、引、近、慢、单调、双调、三叠、四叠无数的花样。在"平生不识柳七郎,便称花魁也枉然"的岁月里,他"烂游花馆,连醉瑶卮""共绿蚁、红粉相尤,向绣幄,醉倚芳姿睡",他忘了,忘了自己北上游历,原本是为了什么。

公元 1005 年,就在柳永流连秦楼楚馆的时候,一个十四岁的神童,已经考上了进士。他叫晏殊。

晏殊

很多年后,晏殊做了宰相。据说柳永曾去求他办事,不过非但没有办成,柳永那天还受了不少窝囊气。

又一些年后,晏殊偶然撞见他钟爱的小儿子,在满堂宾客前大喇喇地背诵柳永的词,那一刻,晏殊也是气血翻涌。

在这太平岁月里,晏殊当了一辈子的显官名宦,他的词,早已和他本人的风度一样优雅从容,多为登堂大雅之作。

[浣溪沙·一曲新词酒一杯]　晏殊

一曲新词酒一杯。去年天气旧亭台。夕阳西下几时回?
无可奈何花落去,似曾相识燕归来。小园香径独徘徊。

这其中"无可奈何花落去"便是他的得意之句。

那时候他路过扬州,和江都尉王琪在大明寺里闲逛,春晚落花,时或沾衣。他对王琪说,他有个好句——无可奈何花落去,可惜总也写不成章,王琪便替他续了"似曾相识燕归来"这句——他觉得很好,后来,便写成了上面这首词。

他瞧不上柳永的冶艳。

他爱读的,是韦应物那样的清淡,常常边看边叹:这句子,全没些脂腻气呵。

他也不喜肉食,自奉极薄。

但他待人甚豪,性子也刚峻。仁宗继位的时候,他力主太后垂帘听政,也曾因谏阻太后被贬。

后世的传说里,他的优雅大大地掩盖了他的才能——北宋初年,很少有南方人能做上宰相的,而他,就是这极少数里的其中之一。

公元1009年,柳永初试落第。他不怎么在意,继续流连于花街柳巷。同一年,长白山醴泉寺里有个刻苦的少年,每天只煮一碗稠粥,待米粥凉透,凝固成整块,他便拿出小刀,在粥块上面划一个十字,佐着野菜,分两餐吃,吃完便只顾读书。

公元1015年,柳永二试落第。那个"划粥断齑"的贫苦少年,考上了进士。他叫范仲淹。

范仲淹

范仲淹一生只弹《履霜操》①,故后人也称其为"范履霜"。

那么多年,他兢兢自警,一步一个脚印,成为大宋朝的砥柱中流,成为同事们仰慕的清流。他每遭贬一次,为他送行的人就更多一些,人们甚至说:"与范公一起被贬,是某之荣幸。"

---

① 《履霜操》,古乐府琴曲名,据《琴操》记载,此曲为西周时尹吉甫之子伯奇所作。——编者注

他是书生。但谁敢说他百无一用是书生?

五十二岁起,他经略陕西三年,以文官任武帅,屡建奇功,逼得西夏步步后退,最终叩首称臣,他因此也被称为"龙图老子"。

他的《渔家傲·秋思》,就写在他镇守陕西的第二年。

在北宋最初的五十年中,可以说未曾有人写过如此有男儿气概的词!

[渔家傲·秋思]　范仲淹

塞下秋来风景异,衡阳雁去无留意。四面边声连角起。
千嶂里,长烟落日孤城闭。
浊酒一杯家万里,燕然未勒归无计。羌管悠悠霜满地。
人不寐,将军白发征夫泪。

他从来不像苏东坡、李太白那样天才卓著。

但若细看他的一生,却是暗流涌动。他文武兼备,一生集能吏、良将、忠臣、孝子、诗人、君子于一身,是不折不扣的"斜杠青年"——他殚精竭虑、鞠躬尽瘁、一生持正,故得文正之谥[①]。

要知道文正之谥,比考状元要难得太多太多了,自宋至清的大约1000年里,能出300多个状元,而能得到这个谥号的,拢共只有30余人,可谓凤毛麟角。

[①] 唐代的文人做官后,都曾梦寐以求获得一个最高谥号,那便是"文正",但皇帝一般不会轻易给人这个谥号,历史上得此谥号的人大多为当时文坛最杰出者。——编者注

在公元 1015 年的考场里，除了范仲淹，魁星的如炬之眼应该还看到了另一个未来宰相，他叫张昇。

张昇

张昇比范仲淹小三岁，考中进士那年也只不过二十四岁。他的生平几无可考。我们只知道他和范仲淹同一年中进士，也和范仲淹一样官至宰相。

他退居江南后，曾留下这样一首词：

〔离亭燕·一带江山如画〕 张昇

一带江山如画，风物向秋潇洒。水浸碧天何处断？霁色冷光相射。蓼屿荻花洲，掩映竹篱茅舍。
云际客帆高挂，烟外酒旗低亚。多少六朝兴废事，尽入渔樵闲话。怅望倚层楼，寒日无言西下。

多少年后，有许多人都会唱：白发渔樵江渚上，惯看秋月春风。一壶浊酒喜相逢。古今多少事，都付笑谈中——

我们在明代杨慎的这首词里，读到了北宋词人张昇的相似感受。

多少六朝兴废事，尽入渔樵闲话。

宋朝文官崇尚清流是有名的。像张昇和范仲淹这样的名臣，他们都奉行这样的道德标准——"公罪不可无，私罪不可有"，士林以此自励，砥砺前行，自上而下，皆是如此。

浅斟低唱、流连花间的柳永怎么也考不取，也就不奇怪了。

公元1018年，柳永三试落第。
公元1024年，柳永四试落第。

柳永四试落第的这科，共录取进士207名。这一年的黄金榜，简直是星光熠熠的星光大道，甚至出现了"双状元"——一对兄弟。

宋祁

哥哥宋庠是榜上的状元，弟弟宋祁是实际上的状元。

官家的脑回路十分儒家：弟弟比哥哥排名高，这好像不太好吧？兄弟兄弟，兄当在先才是，反正状元都是给老宋家的，弟弟就挪下来吧。

于是倒霉的宋祁，糊里糊涂地被挪到了第十名——状元的名份没有了，好在，状元的才情是不会泯灭的，日后宋祁将凭着"红杏尚书"名留词史。

[玉楼春·春景]　宋祁

东城渐觉风光好。縠（hú）皱波纹迎客棹。绿杨烟外晓寒轻，红杏枝头春意闹。
浮生长恨欢娱少。肯爱千金轻一笑。为君持酒劝斜阳，且向花间留晚照。

那年的榜眼,叫叶清臣。

叶清臣

叶清臣是叶梦得的曾叔祖。

他们中进士的这一年是仁宗天圣二年。

"双状元"宋庠与宋祁、榜眼叶清臣、探花郑戬,就此结成了"天圣四友",搁如今,这排面也得是汴京城的四大天王了吧。可惜,四大天王太要好了,不仅同朝为官,而且权势渐盛,以致引来了皇帝的侧目,最终四人同时被贬出京城,分散四郡。

[贺圣朝·留别]　叶清臣

满斟绿醑(xǔ)留君住。莫匆匆归去。三分春色二分愁,更一分风雨。
花开花谢、都来几许?且高歌休诉。不知来岁牡丹时,再相逢何处?

这首离别词,据说就是叶清臣在汴京留别友人所作。但写于何年、赠予何人已不可知了。我们只知道,多年后苏轼的"春色三分,二分尘土,一分流水"还是从这里借来的。

算起来,那年黄金榜上得龙眼眷顾的人,还有好几个苏轼的亲戚呢,比如苏涣(苏轼的伯父)、程濬(苏轼的舅父)……

没得到龙眼眷顾的柳永这年四十一岁。第四次落第，他终于怀着无限苍凉的心情，"念去去，千里烟波，暮霭沉沉楚天阔"。他离开汴京伤心地，一去就是十余年。

柳永的离去，并未给汴京的才子榜留下什么影响。说起来，那些年汴京城最不缺的，就是才子了。

公元1030年，又一位恃才而生的年轻人一口气拿下广文馆试、国学解试、礼部解试头一名。

他叫欧阳修。

欧阳修

姓欧阳的人都挺厉害的。唐朝有欧阳询大神，宋朝就有欧阳修大神。

前一年，欧阳修的广文馆试、国学解试均获第一名，成为监元和解元。

第二年正月试礼部，欧阳修又毫不手软地拿下第一名，成为省元。

照这节奏看来，三月份殿试的状元是妥妥的了。

他特意去做了一身新衣衫，同学王拱辰试穿了这身衣裳，笑着说："我穿状元衣裳了。"

——第二天唱名，王拱辰高中状元，而欧阳修仅列二甲。

这能怪谁呢？

怪老天爷那天打瞌睡了吗？

怪王拱辰穿走了他的状元运气吗？

考官们站成一排，齐刷刷地说：怪你自己呀！你这个不知天高地厚的狂生！

要说欧阳修年轻时的确狂放不羁，爱玩，毒舌，不加检点，好与歌姬厮混……玉勒雕鞍的浮夸游冶，在他身上大概都是真有的事。

[踏莎行·候馆梅残] 欧阳修

候馆梅残，溪桥柳细。草薰风暖摇征辔。离愁渐远渐无穷，迢迢不断如春水。

寸寸柔肠，盈盈粉泪。楼高莫近危阑倚。平芜尽处是春山，行人更在春山外。

要不是上司钱惟演总罩着他，年轻的欧阳修大概就捅下无数个娄子了。

钱惟演纵有千万个不是，却爱才如命，这真算是他身上为数不多的闪光点了。

他罩住了欧阳修，欧阳修也就薪火相传，日后罩下许多后辈小子——那是很久以后的事了。

公元 1030 年，欧阳修考中进士的这一年，张先也考中了进士。

张先

张先像是宋词人里的老顽童。他活了很久很久，久到可以和苏轼们一起愉快地玩耍。他爱美酒，也爱美人，苏轼的"一树梨花压海棠"就是笑他的。

他的"云破月来花弄影""隔墙送过秋千影""帘压卷花影"尤其出名，后人因此称他为张三影。

张三影在吴江任上曾自建花月亭，这到底是因为有了亭子才有了"云破月来花弄影"，还是因为出口成章后才有了亭子，早已在花影参差中消于无解了。

[天仙子·水调数声持酒听]　张先

水调数声持酒听，午醉醒来愁未醒。送春春去几时回？临晚镜，伤流景，往事后期空记省。
沙上并禽池上暝，云破月来花弄影。重重帘幕密遮灯，风不定，人初静，明日落红应满径。

张先考中进士的这年已经41岁，也是挺不容易的。说起来，他其实比晏殊、张昇、宋祁、欧阳修都大……可他比柳永小啊！

彼时，年纪比柳永小的那些大佬们，全部都考上进士了……

公元1034年，远离汴京考场十余年的柳永终于回来了。

他终于用洪荒之力考上了进士，结束了这段悲惨的陪跑历史。

北宋的历史要翻新页了。

这倒不是因为柳永考上了进士，而是因为——

那些足以影响北宋后半段历史的人物，他们的面目正逐渐清晰。

公元1038年，一个年近二十岁的少年一举进士及第，北宋后半段的历史再也绕不过他的名字……

司马光

他是小学课本里砸缸的司马光，也是史书里执拗的"司马牛"，更是洋洋三百万字、二百九十四卷的《资治通鉴》的主编大人。

他是司马光。从这年开始，他走入仕途，并在北宋一系列重要事件上留下了自己的名字。

因为他的坚持，仁宗将赵宗实立为嗣子。

因为他的坚持，濮议①最后不了了之。

最后因为他的坚持……王安石的变法全部破产……

但是你如何能想到，这样一个霹雳雷神，也会有如此让人留恋的温情脉脉：

[西江月·宝髻松松挽就]　司马光

宝髻松松挽就，铅华淡淡妆成。青烟翠雾罩轻盈，飞絮游丝无定。

相见争如不见，多情何似无情。笙歌散后酒初醒，深院月斜人静。

北宋的士大夫们总是把写诗和写词分得很清楚。

被后世奉为文学高峰的宋词，在宝元初年，仍是徘徊于酒筵舞袖间，像司马光这样自命国家栋梁的士大夫，也就只是写着玩玩而已，只是在不经意间，留下他端严面容后的另一副面孔。

宋词的大开大阖、光芒耀目，要到三十年后，在苏轼手里才得以成就。

否则，司马君实的笔下，也应当有王介甫（王安石字介甫）"登临送目"这样的苍凉吧。

---

① 濮议是发生于宋英宗时代对其生父尊礼濮安懿王赵允让的讨论，引起了一系列的政治事件。——编者注

说起来,司马光和王安石,是何其相似的两个人哪。

公元1043年,就在司马光踏入汴京大道五年以后,王安石也来了。

这一对相爱相杀的对手,终于要拉开他们缠斗一生的序幕了。

王安石

王安石人称"拗相公"。

"唯偏执者得以成功"这句话,他一定很信。

所以,当这一年新进士王安石去拜见晏殊,晏殊絮絮叨叨地同他说"人能容物,物便能容人"的时候,他年少轻狂的眼神里充满了不屑,并且觉得老宰相太唠叨了,不像是个做大事的人。很多年以后,他果然雷厉风行地做了"大事",将无数我们熟悉的词人卷进熙宁变法中去。

后来熙宁变法彻底失败,王安石退居金陵,晚秋登临,无限感慨。

[桂枝香·金陵怀古]　王安石

登临送目。正故国晚秋,天气初肃。千里澄江似练,翠峰如簇。归帆去棹残阳里,背西风、酒旗斜矗。彩舟云淡,星河鹭起,画图难足。

念往昔、繁华竞逐。叹门外楼头，悲恨相续。千古凭高对此，谩嗟荣辱。六朝旧事随流水，但寒烟芳草凝绿。至今商女，时时犹唱，后庭遗曲。

因为变法，拗相公王安石不可避免地成为后世议论最多同时也是争议最大的人物之一。

然而，你不得不承认，这是个人物！

他敢说、敢做、敢当，少年时随父宦游南北各地，二十六岁写出《河北民》，年轻时立下的"矫世变俗"之志，到死未易——读书人最重视的生前名誉，身后是非，于他都如浮云，即使众叛亲离，背负千万骂名，这位拗相公大概也毫不在乎。

他所在乎的，是积贫积弱的大宋如何能强壮强盛，所以他变法图强，搞起了大事情，变法虽一定程度上改变了北宋积贫积弱的悲摧局面，但最终因触动大地主阶级的根本利益遭到打压，最终宣告失败。

在生前的最后一年，已辞官在家的王安石听闻新法接连被废，均默然无语。直到废除免役法，他才愕然："也罢到这个吗？创立此法，我和先帝讨论了两年之久，实在是已经考虑得很完善了呀！"

每读至此，让人怅然！

罪臣耶？功臣耶？奸佞耶？名士耶？

"无奈被些名利缚。无奈被他情担阁。可惜风流总闲却。当初谩留华表语，而今误我秦楼约。梦阑时，酒醒后，思量著。"

这阕《千秋岁引》没有《桂枝香》的苍凉磅礴，却仿佛是拗相公性情的另一面。

就在王安石写下"登临送目"和"可惜风流总闲却"的那一年，他的儿子王雱（pāng）病逝了。

王雱

王雱的身体一向不好。因为身体虚弱，缠绵病榻多年，其妻常年独居楼上，和寡居无异。王安石便做主让儿媳改嫁，却不曾顾及自己儿子如何。

王雱怀念妻子，为她写了这首词：

[眼儿媚·杨柳丝丝弄轻柔]　王雱

杨柳丝丝弄轻柔，烟缕织成愁。海棠未雨，梨花先雪，一半春休。
而今往事难重省，归梦绕秦楼。相思只在：丁香枝上，豆蔻梢头。

后来他三十三岁就去世了。

王雱出生时，父亲刚考中进士一年；他去世时，父亲刚退居金陵，写下《桂枝香》和《千秋岁引》。他这一生，仿佛便是父亲仕途起落的见证。

生死终是常事。

有人死,便有人生。

有人生,便有人死。

公元1054年,张耒出生,柳永离世。

少年柳三变(柳永原名三变)那些冶艳旖旎的传说也随他消逝了吗?大概没有。

柳永估计不会想到,有个二十多岁的年轻人暗暗发誓要超过他,后者的词集,后来就叫《冠柳集》。

王观

他就是将来会和秦观齐名、并称二观的王观。

秦观有个胞弟叫秦觌(dí),王观也有个堂弟王觌——这么擅长弄文的北宋人,取个名字为何这么艰难啊,哥哥弟弟都撞名了!

唯一的解释大概是,王观自带撞人体质,他撞得最厉害的,是那位自称王逐客的王仲甫。据说,早在南宋的时候,王观和王仲甫,大家就已经傻傻分不清了,王仲甫的事迹和逐客这个名号都撞给了王观,他们二人的词张冠李戴的就更多了。

但是有一首,那绝对是王观的:

[卜算子·送鲍浩然之浙东] 王观

水是眼波横,山是眉峰聚。欲问行人去那边?眉眼盈盈处。

才始送春归,又送君归去。若到江南赶上春,千万和春住。

何以认定是王观的呢?

宋人王灼编《碧鸡漫志》,大大地夸王观词是"新丽处与轻狂处皆足惊人"。

王观的新丽和轻狂,大概和柳永一样,是骨子里带来的风流,旁人那是学都学不来的。

公元1057年,王观考中进士。

这一榜史上称为嘉祐二年丁酉科,爆炸程度超过三十三年前的天圣二年甲子科,场上乌泱乌泱的全是大神,光是后世所称的唐宋八大家,这年就出了三个。

这还不止。洛党、蜀党、朔党首领们也整装待发。支持王安石的、讨厌王安石的也都站好队了……当然这是后话了,而且王安石也不知道。

此时的王安石正一门心思考虑变法。

公元1059年,王安石的改革思路基本成熟,遂写成洋洋万言的《上仁宗皇帝言事书》递交给仁宗请求变法。仁宗没吱声。

公元1063年,仁宗崩,英宗继位。英宗也不理他。

公元1067年,英宗崩,神宗继位——变法最有力的支持者来了!

公元1068年,久慕王安石之名的神宗召见王安石,王安石再次提出全面变法。

公元 1069 年，宋神宗任命王安石为参知政事，全力支持其变法理念。

波澜壮阔的熙宁变法由此拉开序幕。

王安石与熙宁变法，隔着一千年，仍然未能盖棺论定。

而我们知道的是，这场变法如一场风暴，风暴中心将卷进无数我们熟悉的词人，晏几道、欧阳修、司马光、苏轼、王安石、秦观、黄庭坚、李之仪、李清照的父亲李格非，统统都卷进去了，新党旧党彼此指斥，权力交接此起彼伏，政令颠覆达几十年之久。

时到今日，仍有人在争论这个问题：毁灭北宋的，到底是力主改革的王安石还是力阻改革的司马光？

没有标准答案。

更遑论一千年前。

我们只知道，熙宁变法那时正在引发一场前所未有的剧烈地震。

人类的本能并不喜欢动荡和变化，年纪越大越是不喜欢，北宋这时候已经 110 岁了，剧烈的地震引来了排山倒海的反对。

公元 1071 年，饱受各种反对困扰的宋神宗，希望能从回京述职的一位大臣嘴里听到些振奋的好消息，毕竟，那个人是王安石的亲弟弟。

王安国

可是直肠子的王安国对他哥哥的评论,连神宗都听不下去……

他说:"外头说我哥哥用人不当,急于敛财。"

王安国对王安石的变法向来不甚理解,更不要说支持了!

神宗像被狠狠地戳了一下子。受伤的君王拂袖而去,直肠子的臣子从此不得重用。后来吕惠卿上台,更借故将他罢归田里。王安国的一生很不得意,他的官只做到著作佐郎秘阁校理,世称王校理。

[清平乐·春晚]　王安国

留春不住,费尽莺儿语。满地残红宫锦污,昨夜南园风雨。
小怜初上琵琶,晓来思绕天涯。不肯画堂朱户,春风自在杨花。

他留下的词不多。大抵都是"留春不住""画桥流水""宝瑟尘生"这样的句子,乍一看去,倒和司马光是像的。

不过,"不肯画堂朱户,春风自在杨花"真是一股清流哪!
大抵再板着面孔做官的人,也是要放松放松的。

可王安石放松不了。

熙宁变法的头几年着实艰难——其实，整个变法过程从来就没有容易过。

王安石自己嫡亲的弟弟尚且是这个态度，何况他人。

挡路石一块接一块，明里暗里，横阻于地。

拗相公对挡路石没有什么耐心。

他的反应很直接：搬走！

于是，公元1071年，因为反对新法，大批官员被贬或自求外任——富弼罢贬汝州，司马光罢归洛阳，苏轼通判杭州，孙洙外任海州。

孙洙

孙洙是主动请求外任的。

那时候，他的仕途正如日中天。

孙洙十九岁就中了进士——和他父亲一样。三十岁以后，他的仕途更是一帆风顺，四十岁那年，短短半载便升迁四次，真真"鲜花着锦，烈火烹油"。

——但，只因与王安石政见不合，四十一岁的他，便放下这一切，极力求外放，跑到海州去了。

这样的不甘羁縻，大抵是刻在他骨子里的，所以他后来写得出"楼头尚有三通鼓，何须抵死催人去"这样性情的句子。

可惜，算上上面这阕《菩萨蛮》，他留下的词不过两阕。另一首便是《河满子·秋怨》。

[河满子·秋怨] 孙洙

怅望浮生急景，凄凉宝瑟馀音。楚客多情偏怨别，碧山远水登临。目送连天衰草，夜阑几处疏砧。

黄叶无风自落，秋云不雨长阴。天若有情天亦老，摇摇幽恨难禁。惆怅旧欢如梦，觉来无处追寻。

《河满子·秋怨》写在何时？史籍中并没有足够的资料能够佐证。不过我们可以猜想，也许是写在四年以后，孙洙离开海州回京的途中？那年秋天，孙洙一路上与友人相逢又作别，迢迢羁旅，劳累困顿，京城中又风雨不定，足以让人"摇摇幽恨难禁"了！

那年正是公元 1074 年。

汴京的政治气象，就像孙洙词里写的那样，"秋云不雨长阴"。

因为春初的大旱，到处都是惶惶不安、流离失所的饥民。流言四起，说这样的异象，都是王安石招来的。反对变法的郑侠画了《流民图》与《正直君子邪曲小人事业图迹》上奏，指斥新法弊端与过失，力谏王安石应被罢相。

神宗在新党旧党的推搡中产生了摇摆，于是各打五十板，王安石罢相，郑侠下狱。

同时下狱的,还有一位宰相之子。

晏几道

这年晏几道三十七岁,因为在不久前写了《与郑几夫》诗赠郑侠而受牵连,在十一月下狱。虽然不久就出狱,但从此,这位晏府的相公暮子①,一直沉沦下僚。

贵公子晏几道的人生中其实并没有什么波澜壮阔的大事。最大的两次疾风暴雨,一次是十八岁时父亲去世,另一次便是三十七岁被郑侠连累下狱。

与他交好的黄庭坚曾说他身有奇志,可他一生的雄图,从未展开过。

此生,他始终沉浸在当年锦衣少年的梦中,不愿醒来。一遍又一遍,回忆那些韶华旧事,像一个多产的言情作家,下面这篇便是其代表作。

[临江仙·梦后楼台高锁]　　晏几道

梦后楼台高锁,酒醒帘幕低垂。去年春恨却来时,落花人独立,微雨燕双飞。

记得小蘋初见,两重心字罗衣。琵琶弦上说相思,当时明月在,曾照彩云归。

---

① 古人称老年所生之儿为"暮子",晏几道为晏殊晏相公第七子,且与其父合称"二晏"。——编者注

有细心人统计过，在晏几道的《小山词》里，梦字竟出现六十余次。

"客情今古道，秋梦短长亭。"

"今宵剩把银釭照，犹恐相逢是梦中。"

"梦魂惯得无拘检，又踏杨花过谢桥。"

……

黄庭坚曾经叹息说：叔原（晏几道字叔原，号小山）有三痴。

晚清才子冯煦编《宋六十一家词选》，编到晏几道时，也叹息说：小山是古之伤心人。

晏几道仿佛不曾生活在北宋当世，他身上的时代烙印极少。

尤其令人难以置信的是，他和苏轼是生活在同一个时代的，两人其实只相差一岁，在所有北宋词人里，他们的年龄最为接近。

苏轼生于 1037 年，晏几道生于 1038 年[①]。

他们都天才秀发。

他们有共同的朋友黄庭坚。

他们也都和王安石有着微妙的关系，被扯进政治漩涡里各自打转，一个因此下狱，一个因此贬官。

他们虽有如此多的共同点，却并未因此成为知己，反而是向各自命运的两头分驰而去。

若干年后，从狂风暴雨里熬过来的苏轼，与王安石一笑泯

[①] 关于晏几道的生年有多种说法，本书采 1038 年，是根据覃媛元《晏几道年谱》。——编者注

恩怨，而晏几道，那个曾经气概磊落、清壮豪迈的名士，最后只留给世间"金鞭美少年，去跃青骢马"的落寞背影，既不曾与苏轼交集，也不曾与王安石交集。

公元 1078 年，摇摆不定的宋神宗缓过神来，重新起用王安石推行新法，并亲自上阵。

但熙宁变法实已失败，神宗皇帝亲手抓起的，是元丰改制。

元丰改制第二年，一起震动北宋词坛的事件爆发了。

公元 1079 年，苏轼迎来人生中影响重大的乌台诗案，这是他仕途中一个低谷，也将是他文学创作生涯的重要转折点。

苏轼

乌台诗案爆发的时候，王安石已经退居江宁，新法法令也已经陆续被废止，但围绕着变法而生的新党旧党相争局面已成——两派各自占据天平的一端，不是你压制住我，便是我压制住你。

所以虽名为"诗案"，但此案实际上是改革派与保守派的一次较量。

这年七月，人在湖州的苏轼被御史李定、舒亶等弹劾，说他对新法不满，包藏祸心，随后他立即被钦差押往汴京。压力巨大的苏轼想要自杀，未遂，八月下御史台狱，熬了几个月，全部认罪。

苏轼一案轰动朝野。在曹太后、王安石以及部分新党大臣的营救求情下，苏轼最后幸免一死，贬黄州团练副使（实际上是被黄州官方看管的犯人）。

——吊诡的是，为苏轼疏通求情的人中，新党大臣多于旧党大臣。

刚到黄州的苏轼很惨，他自己说：亲朋故友，没有一人敢写信给他。他写信去，也没有人敢写回来。

后来，他在黄州筑"东坡雪堂"，开田耕地，自号东坡居士，更于秋、冬两游赤壁，写下震烁千古的代表作——前后《赤壁赋》和《念奴娇·赤壁怀古》。

[念奴娇·赤壁怀古]　苏轼

大江东去，浪淘尽，千古风流人物。故垒西边，人道是，三国周郎赤壁。乱石穿空，惊涛拍岸，卷起千堆雪。江山如画，一时多少豪杰。

遥想公瑾当年，小乔初嫁了，雄姿英发。羽扇纶巾，谈笑间，樯橹灰飞烟灭。故国神游，多情应笑我，早生华发。人生如梦，一樽还酹江月。

"问汝平生功业，黄州惠州儋州。"

乌台诗案远贬黄州，是苏轼人生中不能忽视的拐点——他从此脱胎换骨，成为后人膜拜的大文豪苏东坡。

这也是北宋词的拐点——关西大汉手执铜琵琶铁绰板的豪放词的时代，终于从黄州起步了。

但乌台诗案的牵涉着实惨重。
因与苏轼相交被连累贬官的无以计数，这其中就有朱服。

朱服

朱服出身吴兴朱家，是名门望族，亦是世代书香门第。他们家也是"一门三进士"，堪比苏洵、苏轼、苏辙父子的"三苏"组合。朱服和弟弟朱肱，都是苏轼的粉丝。

乌台诗案后，朱服亦被贬海州。

[渔家傲·小雨纤纤风细细] 朱服

小雨纤纤风细细，万家杨柳青烟里。恋树湿花飞不起，愁无比，和春付与东流水。
九十光阴能有几？金龟解尽留无计。寄语东阳沽酒市，拚一醉，而今乐事他年泪。

《乌程旧志》里说："朱行中坐与苏轼游，贬海州，至东郡，作《渔家傲》词。"说的就是这事。

其他受到牵连的人中，驸马王诜被削除一切官爵。王巩发配西北。苏辙贬任筠州酒监。司马光和范镇及苏轼的十八个别的朋友，都各罚红铜二十斤。

公元1083年，彼时，形势又悄悄发生了变化——天平的重心倒向了旧党，占据优势的旧党开始清算新党，这次被贬的是舒亶。

舒亶

舒亶，就是在乌台诗案中给苏轼下绊子的御史之一。
但如果因此就把舒亶定义为奸臣，那未免过于简单粗暴。

舒亶是坚定的变法拥护者和参与者，且性格执拗（说起来北宋朝性格执拗的人还挺多的，从宋神宗到王安石、司马光、苏轼，有一个算一个），乌台诗案里给苏轼的定罪，并非出自党派倾轧。
舒亶和苏轼一样，其实都不是以新法为手段、以倾轧为目的的党人。

总之，在这一年，掌握着天平平衡的皇帝，碰到的是翰林舒亶与尚书省产生的矛盾，为了平衡两端的力量，神宗发话，罢免舒亶。

可怜的舒亶黯然回乡，迁居鄞县月湖畔，名其居曰"懒堂"——这个二十四岁就高中礼部第一的才子，如今用一个"懒"字，藏起他心里多少的愤怒与不平！

这样的愤怒与不平，十年都无人过问。直到神宗驾崩后，舒亶才被召回汴京。

人虽回到京城，京城却已物是人非。新法成故纸，旧友都星散，舒亶的孤独和凄凉，扑面而来。怯寒畏独中，他给崔公度写词——多少年前，他们曾同在荆公（指王安石，他曾被封荆国公）门下，同样深受倚重。

[虞美人·寄公度]　舒亶

芙蓉落尽天涵水，日暮沧波起。背飞双燕贴云寒，独向小楼东畔、倚阑看。
浮生只合尊前老，雪满长安道。故人早晚上高台，赠我江南春色、一枝梅。

全词寓情于景，用典抒怀，忆往昔愁绪万千，读来令人深感悲凉深沉。

同样被"挥之即去，召之即来"的还有周邦彦。

与舒亶不同，周邦彦是在神宗驾崩后的元祐更化①中被驱逐的。

公元1088年，神宗崩后数年间，支持旧党的向太后起用司马光，新法全面废除，旧党纷纷被召回，新党则流散四方。

在被挤出京城的人里，就有周邦彦。

---

① 元祐更化即元祐党争，是以司马光为首的旧党，于元祐年间推翻王安石变法的事件，是北宋新旧党争全面爆发的转折点。——编者注

周邦彦

很多人记得"纤指破新橙"的香艳,却很少人想到,清真(周邦彦号清真居士)也曾在新旧党争的漩涡里浮沉。

他也曾有一番凌云志向。

二十八岁时,周邦彦向宋神宗献《汴京赋》,歌颂新法,因而大获赏识,从太学诸生直升为太学正。

如今,他三十三岁,新法尽废,新党尽贬,他被远远地赶到庐州、荆州、溧水等地任职。

被驱逐的凄惨,周邦彦和舒亶是一样的。

后来他们被召回的原因也一样——哲宗亲政了,需要用人,用新党。

前度刘郎重又来,但,他为何觉得如此陌生?

[瑞龙吟·大石春景]　　周邦彦

章台路。还见褪粉梅梢,试花桃树。愔愔坊陌人家,定巢燕子,归来旧处。黯凝伫。因念个人痴小,乍窥门户。侵晨浅约宫黄,障风映袖,盈盈笑语。
前度刘郎重到,访邻寻里,同时歌舞。唯有旧家秋娘,声价如故。吟笺赋笔,犹记燕台句。知谁伴、名园露饮,东城闲步。事与孤鸿去。探春尽是,伤离意绪。官柳低金缕。归骑晚、纤纤池塘飞雨。断肠院落,一帘风絮。

汴京城再不是熙宁年间"总把新桃换旧符"的汴京了!

访邻寻里,再没有那些志同道合、热血改革的伙伴。

从此,周邦彦专注于写词,成为徽宗年间国家最高音乐机关——大晟府的提举官。

学得文武艺,货与帝王家——从此他只献才情予皇帝,不再献他的一腔抱负,而词史,给了他一个这样的评价:南北两宋,得词之大成者,惟清真一人而已。

公元1093年,高太后去世,宋哲宗亲政。
公元1094年,宋哲宗改年号为绍圣元年。

高太后时期,哲宗整整看了八年旧党大臣们上奏的架势和背影,看够了的他,一亲政就把那些大臣驱逐到天边,同时极力重用新党,并逐一恢复新法。

天地又一次翻覆,许多重臣的政治命运又走向了拐点。其中就有秦观。

秦观

从这年开始,秦观人生中最低潮的日子来临了,一贬再贬,先是被贬为杭州通判,后来又贬处州,再又贬到郴州时,已是三年后了。

[踏莎行·郴州旅舍] 秦观

雾失楼台,月迷津渡。桃源望断无寻处。可堪孤馆闭春寒,杜鹃声里斜阳暮。

驿寄梅花,鱼传尺素。砌成此恨无重数。郴江幸自绕郴山,为谁流下潇湘去?

这位写出"金风玉露一相逢"、二十余岁就跟随苏轼的才子,到此是否自悔为官误身?

他从未想过,此生,他竟会如此,如浮萍般身不由己,在波峰浪尖上颠踬。

这样的颠踬何时是个头?谁也不知道!

公元 1097 年,秦观贬居郴州,黄庭坚贬居黔州,苏轼贬居惠州。

公元 1098 年,秦观从郴州再贬至横州,黄庭坚由黔州再贬至戎州,苏轼由惠州再贬至儋州。

公元 1100 年,哲宗驾崩,其弟徽宗即位。向太后临朝听政。又一次的,新党被贬斥,旧党被召回。

秦观于召回的路上去世。

苏轼也在召回的路上,他闻讯大哭,两日水米不进。一年后,苏轼也去世了。

文人们先后退出历史舞台,然而事情远未结束,朝廷中新旧党争影响的余波还在继续。

公元1101年,徽宗全面亲政,为了调和历史积累下来的元祐派(旧党)和绍圣派(新党)的矛盾,平息两派之间的"朋党"之争,决定折中兼容"元祐"与"绍圣"的施政方针,同时,决意起用变法心志坚决的蔡京来恢复熙宁新法。

公元1102年,新党再掌权,旧党再失势。

《元祐党人碑》(也称《元祐党籍碑》)立起来了——开始是一百一十九人,列出的是"所有在元祐朝名列贬谪之籍而在元符末年恢复官职不当的人",后来牵连到三百零九人。在这块碑上,司马光、苏轼、秦观分别领衔宰臣第一名、待制以上官员第一名、余官第一名。

据说,设立党人碑是叶梦得的主意。

叶梦得

叶梦得有才。他写出"睡起流莺语"的时候,据说才十八岁。

[贺新郎·睡起流莺语]　叶梦得

睡起流莺语,掩苍苔房栊向晚,乱红无数。吹尽残花无人见,惟有垂杨自舞。渐暖霭、初回轻暑,宝扇重寻明月影,暗尘侵、上有乘鸾女。惊旧恨,遽如许。

江南梦断横江渚，浪粘天、葡萄涨绿，半空烟雨。无限楼前沧波意，谁采蘋花寄取？但怅望、兰舟容与，万里云帆何时到？送孤鸿、目断千山阻。谁为我，唱金缕。

《宋史·强渊明传》里说：强渊明与其兄浚明及叶梦得，与蔡京是死党。立元祐籍、分三等定罪，就是他们三人所为。

叶梦得早年和章惇、蔡京均关系密切。蔡京对叶梦得有知遇之恩。章惇的儿子章持和叶梦得是同年（绍圣四年进士），章惇的孙子章冲是叶梦得的女婿。

后人因此认为叶梦得是绍圣余党，直到南渡以后，对梦得的评议也十分不堪。

但叶梦得和元祐党人的关系一样密切！

他的母亲，就是苏轼门人晁补之的二姐，他算得是晁补之的外甥。

元祐党人碑上，一样列着晁补之的名字。

公元 1102 年九月，徽宗御书立碑。十月，晁补之罢官归里。

晁补之

晁补之诗学陶渊明。

罢归后，他索性自号归来子，在山东巨野的东皋老家修葺归来园，种杨柳、耕地、喝酒，过起陶渊明式的隐士生活。

[摸鱼儿·东皋寓居]　晁补之

买陂塘、旋栽杨柳,依稀淮岸湘浦。东皋嘉雨新痕涨,沙觜鹭来鸥聚,堪爱处,最好是,一川夜月光流渚。无人独舞。任翠幄张天,柔茵藉地,酒尽未能去。

青绫被,莫忆金闺故步。儒冠曾把身误。弓刀千骑成何事?荒了邵平瓜圃。君试觑,满青镜、星星鬓影今如许!功名浪语。便似得班超,封侯万里,归计恐迟暮。

晁补之本该是个状元。

神宗元丰年间,晁补之举进士、试开封及礼部别院,皆是第一。可惜,当阅卷官把晁补之的策试卷子呈奉到御案上,神宗的御笔却点成了开封人时彦。

状元之名被御笔点掉了,不过状元之才还是牢牢地跟着他。

人人都知辛弃疾《摸鱼儿·更能消几番风雨》写得太好,被后来名家疯狂仿写,其实辛词的源头,还在晁补之这里。

山东巨野的晁氏,是北宋名门、文学世家。祖先可上追到汉御使大夫晁错,满门星光闪耀,晁补之、晁说之、晁祯之都是当时有名的文学家。

若不是这些哥哥们星光太耀眼,晁冲之原该也是大出风头吧!

晁冲之

晁冲之是晁补之的堂弟。

在一轮又一轮的谪贬放逐中,晁冲之早早离了这趟浑水,二十四岁便在阳翟具茨山隐居,自号具茨。

不过,世事无常,徽宗即位初年,他随召回的旧党返京,在京师一住就是很多年。

[临江仙·忆昔西池池上饮]　晁冲之

忆昔西池池上饮,年年多少欢娱?别来不寄一行书。
寻常相见了,犹道不如初。
安稳锦衾今夜梦,月明好渡江湖。相思休问定何如。
情知春去后,管得落花无?

西池就是汴京的金明池。

晁冲之在汴京和江子之、吕本中一起玩耍,一度乐不思蜀。后来他离开了,对江、吕二人甚是怀念,在给江子之的诗词里,也经常殷殷叮嘱"如何一字无""别后君须记一书""别来不寄一行书"……

公元1103年的时候,晁冲之正在汴京。

公元1104年,宋徽宗又颁布新的禁令:元祐党人子弟不得在京居住。

因为这道诏令,一位史上著名的才女被迫离京。

李清照

身为元祐党人李格非的女儿,李清照虽然已和赵明诚结婚三年,且公公赵挺之也是高官,却还是被迫遣离京城,回到原籍明水居住。

徽宗的诏令十分苛刻——即使节日也不许党人子弟擅自回京,于是这年重阳,孤身在外的李清照给赵明诚寄了一首《醉花阴·薄雾浓云愁永昼》,委屈地述说伶仃之苦。

[醉花阴·薄雾浓云愁永昼] 李清照

薄雾浓云愁永昼,瑞脑消金兽。佳节又重阳,玉枕纱橱,半夜凉初透。
东篱把酒黄昏后,有暗香盈袖。莫道不销魂,帘卷西风,人比黄花瘦。

年轻的李清照不知道,这阵稍凉的秋风,比起将至的狂风暴雨,真的是要温柔多了。

数十年后,她将要承受的,是生命之沉重,不能承受也罢,咬牙承受也罢,她都不得不担负起来,担负起她大宋朝第一才女的使命。

公元1105年,宋徽宗再下诏令,全国大赦,特许被贬逐的元祐党人向内地调动。

五月初九,特赦令下,五月三十,黄庭坚病逝于宜州贬所。

黄庭坚

这个八岁就自称"谪在人间"的早慧的孩子,二十八岁时被苏轼赞叹"超轶绝尘,独立万物之表",可以说文学天赋极高,同时在书法方面也造诣颇深,是与苏轼齐名的不世之才。然而上天并没有给这位才子更多优厚的待遇,在相继送走秦观和苏轼以后,他也拂袖离去。屈指算来,这位"千里之才""谪"在人间已六十一年。

早在这年春天的时候,黄庭坚曾写下一首送春词,感叹时光一去不复返。

[清平乐·春归何处]   黄庭坚

春归何处?寂寞无行路。若有人知春去处,唤取归来同住。
春无踪迹谁知?除非问取黄鹂。百啭无人能解,因风飞过蔷薇。

真像是谶语呵!
北宋词的春天,也渐风雨飘零,春归无处。
自公元1100年赵佶登位开始,当年秦观卒,1101年苏轼卒,1105年黄庭坚卒,1110年晏几道、晁补之卒。
数年间,多少风流,都被雨打风吹去!

自此，苏门诸子，尚在世的，就余下张耒、李之仪少数人了。

张耒

张耒也是二十岁出头的时候就开始追随苏轼，与秦观、晁补之、黄庭坚并称"苏门四学士"。苏轼的词集里，有很多是写给"张文潜"的，文潜，就是张耒的字。

因为追随苏轼，张耒三次被贬到黄州。身为逐臣，他不得住官舍和佛寺，只能在柯山旁租屋而居，此后自号"柯山"。思念妻子时，他写了这首《风流子·木叶亭皋下》。

[风流子·木叶亭皋下]　张耒

木叶亭皋下，重阳近，又是捣衣秋。奈愁入庾肠，老侵潘鬓，谩簪黄菊，花也应羞。楚天晚，白苹烟尽处，红蓼水边头。芳草有情，夕阳无语，雁横南浦，人倚西楼。

玉容知安否？香笺共锦字，两处悠悠。空恨碧云离合，青鸟沉浮。向风前懊恼，芳心一点，寸眉两叶，禁甚闲愁？情到不堪言处，分付东流。

张耒和李之仪是幼年好友。

六岁时，张耒随父亲迁居楚州，受业于山阳学馆。那时候李之仪十岁，因祖父在楚州做官，也在山阳就读。

同属元祐党人,他们的仕途都起起落落。

公元1106年,徽宗诏除一切党禁,张耒得以自黄州回到故乡淮安,而李之仪则复官,携妾杨姝移居金陵。路过长江时,李之仪为杨姝写下了那首著名的"我住长江头,君住长江尾"。

李之仪

[卜算子·我住长江头] 李之仪

我住长江头,君住长江尾。日日思君不见君,共饮长江水。
此水几时休,此恨何时已。只愿君心似我心,定不负相思意。

杨姝,是太平州(治所在今安徽当涂县)的官妓。

前后贬到太平州的黄庭坚和李之仪都与色艺俱佳的杨姝交情甚深。不同的是,黄庭坚对杨姝甚为超达,而李之仪则对她一见倾心。

在太平州的那四年,对李之仪来说并不太平。

第一年,儿媳去世;第二年,自己生病;第三年,相濡以沫的妻子胡淑修和唯一的儿子李尧行死了;第四年初,满身生癣疮,命悬一线。

幸好，杨姝出现了。

李之仪纳杨姝为妾的时候，大约五十九岁，杨姝十八岁。后来幼子尧光就是杨姝所出。

但杨姝和尧光的名字会留下来载入国史，不是因为这首词，而是因为政和三年，李之仪因与郭祥正交恶，郭向蔡京诬告尧光非李之仪所出，李之仪竟因此受审，削职为民，耸动一时。

数年以后，李之仪去世，杨姝独自带着尧光生活，境况大抵是凄凉的，与李之仪生前有过交往的周紫芝感慨："清歌低唱，小蛮犹在，空湿梨花雨。"

周紫芝在李之仪生命的最后三年出现，他是李之仪的友人，还是弟子？也许，两者都有吧。

公元1114年，周紫芝第一次拜谒李之仪。

周紫芝

少年周紫芝，曾对苏门诸君子怀有长久而强烈的倾慕。奈何，却屡屡错过。

周紫芝十二三岁的时候，张耒贬在宣州，但张耒当时处于低谷，心情不好，周紫芝自己也还小，没有机会见到。

十五年后，黄庭坚被贬到太平州，他要去拜谒的时候，黄庭坚却离任了。

又数年，终于等到了李之仪贬来太平州。

政和四年七月十四日,三十三岁的周紫芝第一次拜谒李之仪。两人一见如故,相谈甚欢,周紫芝滞留十余日才离去。某种意义上说,周紫芝可以算是苏门的再传弟子。他的诗法,得之于李之仪甚多。

但周紫芝的词法却得之于晏几道。

[鹧鸪天·一点残红欲尽时] 周紫芝

一点残红欲尽时。乍凉秋气满屏帏。梧桐叶上三更雨,叶叶声声是别离。
调宝瑟,拨金猊。那时同唱鹧鸪词。如今风雨西楼夜,不听清歌也泪垂。

周紫芝自己也承认,因自己少年时酷爱小晏词,所以那时候作的词经常有模仿他的。

细品上面这首词,他的意境,是不是和小山有些许相像呢。梧桐夜雨、清歌渺渺,忆往昔旧梦难温,难掩诗人离别悲苦,果然不愧是小山的粉丝。

三年后,周紫芝第二次拜谒李之仪,李之仪已重病缠身。不久,李之仪过世。

又三年,天下开始乱了,方腊起事,周紫芝携全家逃往山区避乱。

公元1120年,就在周紫芝逃难的这一年,大晟府开始裁撤冗员。

简单说,大晟府是当时全国最高级的官办作词机构。文艺皇帝徽宗网罗来一批懂音乐的词人,写新词、造新声。其中尤以万俟咏最为出色。

万俟咏

据王灼记载,万俟咏的词在北宋红得发紫。
《碧鸡漫志》里说:"每出一章,信宿喧传都下。"
《中国古代文学事典》也说:"每出一词,次日即盛传于都城。"

[长相思·雨] 万俟咏

一声声,一更更。窗外芭蕉窗里灯,此时无限情。
梦难成,恨难平。不道愁人不喜听,空阶滴到明。

王灼说他是"元祐时诗赋老手",但屡试不第,于是绝意仕进,寄情歌酒,自号"大梁词隐"——倒是有些像柳永。

南渡以后,万俟咏很不得意。

他是有集子的,虽然并没有传下来,那就是《大声集》。

万俟咏入大晟府为制撰,大约有五六年的时间。大晟府裁撤冗员的时候,他已离开了,正任秦川茶马司干当公事。

后来大晟府因为金兵南下彻底关门,那是公元1125年的事了。

公元 1125 年，是年金兵南下，大晟府关门，但七十四岁的贺铸并未见到，他早于春二月病故于常州的僧舍。

贺铸

七十四年的人间路，于贺铸，当是解脱吧！

回望来处，那个曾"交结五都雄""侠气盖一座""驰马走狗，饮酒如长鲸"的少年，生来便具异相——身高七尺，面色铁中透青，双眉竖立，透着杀伐果断的煞气。他还是宋太祖贺皇后的族孙，妻子亦出自宗室。

但年少时的凌云壮志，最后俱化作黄粱一梦。

也许因为北宋立国的根本是重文抑武，或者是朝廷严控外戚干政，又或者是贺铸自己性格上的原因，也许三者原因兼有。

总之贺铸对仕途愈来愈灰心，未到离休年龄便早早辞职，定居苏州。

他最有名的那句"一川烟草，满城风絮，梅子黄时雨"，就写在苏州横塘。

〔青玉案·凌波不过横塘路〕 贺铸

凌波不过横塘路。但目送、芳尘去。锦瑟华年谁与度。

> 月桥花院，琐窗朱户。只有春知处。
> 飞云冉冉蘅皋暮。彩笔新题断肠句。若问闲情都几许。
> 一川烟草，满城风絮。梅子黄时雨。

因为这首《青玉案》，贺铸被称为"贺梅子"，永留词史。
而他的生命，定格在了靖康之变的前两年。
此前四年，周邦彦已经去世了。

没有目睹北宋王朝的倾覆，不用经历山河破碎的流亡，这确实是他们的幸运了。

公元1126年，金兵再次南下。

公元1127年，金兵攻破汴京，靖康之乱爆发。
中原大乱，无数人避战南渡，却有一支人马北上。那是被押解的宋徽宗父子。

赵佶

宋徽宗赵佶与其子钦宗赵桓此时已不是皇帝了，他们是金人的俘虏。

北宋，亡了！

金帝将汴京城掳掠一空，将徽钦二帝，连同后妃、宗室、百官，以及教坊乐工、技艺工匠共三千余人，并法驾、仪仗、冠服、礼器、天文仪器、珍宝玩物、皇家藏书、天下州府地图、书画珍藏，等等，全部押送北方。

钦宗沿郑州北行。

徽宗自滑州北行。

那时正是四月，路上杏花盛开，徽宗见了，禁不住百感交集。

[燕山亭·北行见杏花] 赵佶

裁剪冰绡，轻叠数重，淡著胭脂匀注。新样靓妆，艳溢香融，羞杀蕊珠宫女。易得凋零，更多少、无情风雨。愁苦。问院落凄凉，几番春暮。

凭寄离恨重重，者双燕，何曾会人言语。天遥地远，万水千山，知他故宫何处。怎不思量，除梦里、有时曾去。无据，和梦也新来不做。

他若是细想，也许会觉得历史何其重复。

一百多年前，也曾有一位君王带着三千多人北上，那是吴越国的君主钱弘俶。

而另两位被北宋灭了国、俘虏北上的后蜀君主和南唐君主，与他一般才调绝伦。

车马辚辚，愈去愈远。

也许徽宗心中仍然存着"愿我出走半生，归来仍是皇帝"

的念想,但赵构,已在江南建立了新的宋朝。此后北宋的春天只能存在赵佶梦中。

真个是萋萋芳草忆王孙。
那些年光芒耀目的文采风流,到此,终于退往历史的深处。

春归何处?是渡江天马南去了吗?

捌

南宋词

这些慷慨长歌,送别王朝的最后152年

南宋最硬核的诗人,一个集英雄、猛将、才子、能臣、干吏诸种鲜明棱角于一身,"不恨古人吾不见,恨古人不见吾狂耳"的牛人,准备闪亮出场了。

靖康之变,将大宋截然划为北宋和南宋。

但为何会有赵构的南宋?说起缘由,还要早上好几年。

公元1120年,为了夺回燕云十六州,北宋与金国结成海上之盟,联手攻打辽国。

公元1126年,金军兵临汴京城下,汴京守御史李纲拼死抵抗,康王赵构慨然带宰相张邦昌前往金国为人质。金军暂时退兵,不久又重来。

公元1127年。靖康之变爆发。

年初,汴京城破,徽钦二帝被掳北行。

四月,金人立张邦昌为大楚皇帝。

六月,张邦昌还政于赵构,赵构在南京应天府即帝位,复国号宋。

152年的南宋历史,这才开始。

南宋最初建立的几年，俨然一个流浪朝廷，在金国的步步紧逼下，赵构率臣僚一路辗转于越州、明州、定海，甚至漂泊海上。

在一路紧跟帝踪、随之仓皇奔逃的人群中，有数不清的我们熟悉的身影——陈与义、朱敦儒、周紫芝……还有，带着十五车金石珍藏的李清照。

公元1127年的靖康之变，不但将大宋划为北南，也将李清照的人生划为两半——前半生她是明眸皓齿、无忧无虑的少女，后半生她是背负使命、感慨深重的女词人。

李清照

靖康之变后的几年，是李清照一生中最为艰难的时期。

开始，她还能和赵明诚相依为命。建炎三年，赵明诚病故，李清照安葬完夫君，自己大病一场，"书二万卷、金石刻二千卷"以及其他累年珍藏还等着她转移。战事吃紧，临时安置的赵构小朝廷打算再迁，李清照简直无所适从了！

也许就在这个时候，李清照写下了她这一生中最为著名的词：

[声声慢·寻寻觅觅]　李清照

寻寻觅觅，冷冷清清，凄凄惨惨戚戚。乍暖还寒时候，最难将息。三杯两盏淡酒,怎敌他、晚来风急?雁过也,正伤心,却是旧时相识。
满地黄花堆积。憔悴损,如今有谁堪摘?守着窗儿,独自怎生得黑?梧桐更兼细雨,到黄昏、点点滴滴。这次第,怎一个愁字了得!

李清照原非弱女子。

她写得出"生当作人杰,死亦为鬼雄"的句子,在兵荒马乱中护得住明诚的金石珍藏,敢和觊觎骗婚的张汝舟撕破脸。她是元祐党人的后代,从小也见惯了党争的明争暗斗,因此拥有一颗坚韧的心,寻常苦难根本打不倒她。

但我们翻看这几年李清照的行踪,一个女子带着十五车的珍藏独自奔走颠沛,那真是触目惊心的惨痛!

起先,李清照打算往江西投奔二位舅父和赵明诚的妹婿李擢,但是三人先后降金或逃走。先期运去的珍藏全部散亡。

于是,李清照转而赴浙东投奔晁公为(晁补之之子,与她一样是元祐党人之后)。但金兵逼近后,晁公为也弃城而逃。李清照寄存的珍藏再次散失。

最后,她被谣言和时势所迫,带着余下的珍藏一路紧跟南逃的宋高宗,流徙于浙东一带。

李清照最终安定下来,是在绍兴五年(即公元1135年)。

从绍兴五年到绍兴二十六年,李清照在临安度过了她生命的余年。这期间，她曾代笔替皇帝、贵妃写帖子词，也曾两次访米友仁为米芾二帖求跋，《金石录》也迅速刊行，受人推重。

她的余年算是"易安"的。此中原因，也许与时局不无关系——绍兴五年到绍兴二十六年，秦桧独相二十年，秦桧之妻王氏，是北宋宰相王珪的孙女，李清照的母亲亦姓王，是王珪的女儿，王氏的姑姑。王氏与易安（李清照号易安居士），原是表姊妹。

公元1135年，离靖康之变已经八年。
李清照安定于临安府。
宋徽宗病逝于五国城（遗址位于今黑龙江依兰县城北门外）。
陈与义退居青墩镇僧舍，也已数年。

陈与义

陈与义是洛阳人，亦为"洛中八俊"之一。

他二十四岁考中进士，随后当上文林郎——一个清闲的官职，负责开德府的文学教育。他做了三年后辞职，回家快快活活地与一帮好友吟诗、赏画、喝酒——"杏花疏影里，吹笛到天明"的那时，正是太平无事的徽宗政和年间。

如今陈与义四十多岁了，经历了靖康南渡、流亡两湖，他追忆起二十多年前的洛中旧游，早年悠闲自在的生活历历在目，不禁百感交集。

[临江仙·夜登小阁忆洛中旧游] 陈与义

忆昔午桥桥上饮,坐中多是豪英。长沟流月去无声。
杏花疏影里,吹笛到天明。
二十余年如一梦,此身虽在堪惊。闲登小阁看新晴。
古今多少事,渔唱起三更。

写完这词两年以后,陈与义病逝。
从此杏花疏影里的笛声,永留彼岸。

公元1138年,主和之议压倒主战之声,王庶、张戒、曾开、胡铨等均被罢免、除籍、编管,秦桧再任宰相,坚决不许岳飞再与金国开战。

公元1139年,宋金议和,签订盟约:金把河南之地还给宋,宋向金称臣。

公元1140年,金人叛盟,完颜宗弼等分四路入侵,宋将刘锜、韩世忠、岳飞等奋力抵抗。南宋与金人展开惨烈的拉锯战,各有胜负。

不久,宋高宗命岳飞班师,一日发十二金字牌,岳飞不得已班师,途中,悲愤交加:"所得诸郡,一朝全休!社稷江山,难以中兴!乾坤世界,无由再复!"

此后,自靖康二年至绍兴十一年的十五年抗战结束,宋军不复出师。

公元1141年，在宋金淮西之战打成平局、和议成熟后，南宋朝廷决定削夺大将兵权，韩世忠、张俊、岳飞三大将全都俯首听命，交出兵权。但岳飞并不知道，交出兵权，只是个开头。

岳飞

那年的楚州城，风雨逼人来。

七月，宰相万俟卨诬劾岳飞，说岳飞在楚州城巡视时放言："楚不可守，城安用修。"

八月，诏命拘收岳飞军中财物，并散去僚属。不久，岳飞部属张宪被诬入狱。

九月，闲居中的岳飞登庐山东林寺，极目四望，满怀悲愤，虽痛惜前功尽弃，却也仍旧渴望建功立业，争取早日完成抗金大业，于是便留下这首留传千古的词作。

[满江红·写怀][1] 岳飞

怒发冲冠，凭阑处、潇潇雨歇。抬望眼，仰天长啸，壮怀激烈。三十功名尘与土，八千里路云和月。莫等闲、白了少年头，空悲切。
靖康耻，犹未雪。臣子恨，何时灭。驾长车，踏破贺

---

[1] 《满江红·写怀》也称《满江红·怒发冲冠》，一般认为是岳飞的作品，但当代也有学者对此提出质疑，疑为明人伪托，鉴于学界中质疑与反驳一直存在，本书默认为岳飞所著。——编者注

兰山缺。壮志饥餐胡虏肉，笑谈渴饮匈奴血。待从头、收拾旧山河，朝天阙。

十月，岳飞父子被捕系于大理寺。

十二月二十九日……残年将尽，岳飞没有等到新春，一纸诏书，将他赐死于大理寺。这年他才三十九岁，一代将星就此陨落，却成为后世心中永远的英雄。

岳飞曾说过，本朝三十岁之前做了节度使的，只有太祖皇帝和自己二人而已。

可惜！

自岳飞赐死、韩世忠被架空以后，南宋与金国和议成，双方以淮河为分界线，约定共立盟书，休兵息民，各守疆土二十年。

公元1142年，反对议和最激烈的枢密院编修官胡铨，再贬新州。路过福州时，有人慷慨为他送行，那便是张元干。

张元干

十六年前，金兵围汴，张元干随抗金名臣李纲死守汴京城。十年前，随着主战派被排挤，他亦心灰意懒，辞官归闽。

如今李纲已死，张元干正在家闲居。

闻知胡铨会路过福州，他特意写了词去送他。

[贺新郎·送胡邦衡待制赴新州] 张元干

梦绕神州路。怅秋风、连营画角，故宫离黍。底事昆仑倾砥柱，九地黄流乱注。聚万落千村狐兔。天意从来高难问，况人情老易悲难诉。更南浦，送君去。
凉生岸柳催残暑。耿斜河，疏星残月，断云微度。万里江山知何处？回首对床夜语。雁不到，书成谁与？目尽青天怀今古，肯儿曹恩怨相尔汝！举大白，听《金缕》。

《金缕》，就是《贺新郎》的别名。

胡邦衡，就是胡铨，那个曾反对与金议和、铁骨铮铮的男人。

这首词慷慨激昂，既描写了彼时中原沦陷的惨状，亦感慨时事、致送别意。然而，秦桧听闻此事，立即将张元干抄家、逮捕，投入狱中，并开除公职。

出狱以后，张元干漫游吴越，浪迹江湖，所结交的，仍然是一帮血性义士。

岳飞的死、胡铨的贬、张元干的下狱，让天下人不平。其中有个十几岁的陆姓少年，尤为痛惜。

陆游

陆游出身于山阴望族、藏书世家。

他家的藏书多到什么地步呢？恐怕是一般自诩书香世家所不能企及的，甚至连皇帝都要跟他家借书——公元1143年，朝廷为建秘书省，向陆家借钞藏书一万三千余卷。

年轻时的陆游充满了狂热的报国热情，这方面，他可能受他的父亲影响很深——他的父亲陆宰，南渡后因为主战被排挤，干脆居家不仕。

在这种家庭的爱国思想熏陶下，陆游热切地盼望着自己有一天能亲临战场，建功杀敌，"上马击狂胡，下马草军书"。但终其一生，他亲临抗金前线，仅仅是八个月的大散关生涯。

这段生涯，他后来写了又写：

"壮岁从戎，曾是气吞残虏。"

"当年万里觅封侯，匹马戍梁州。"

对于失去，陆游有很多的回忆和不甘。

就如同他对原配唐氏（一说为唐琬）也有很多的回忆和不甘。

[钗头凤·红酥手] 陆游

红酥手，黄縢酒，满城春色宫墙柳。东风恶，欢情薄。
一怀愁绪，几年离索。错、错、错。
春如旧，人空瘦，泪痕红浥鲛绡透。桃花落，闲池阁。
山盟虽在，锦书难托。莫、莫、莫！

这首词是陆游写关于自己的爱情悲剧，且不说有关历史文献与资料中对于陆游与唐琬之间身份猜测的谜题，单从全词来看，确实是一首情感真挚、催人泪下的难得佳作，如今已成为千古绝唱，令人动容。

恨我恨、他人未有些。

而陆游的一生，大抵就是这样了——他只是个书生。

但是书生也有猛的。

和陆游同一年考进士的人里面，就有两个。一个叫虞允文，是为唐朝名臣虞世南之后，在绍兴三十一年于采石矶大败金兵，粉碎了后者南下阴谋。他的同年张孝祥，当时正在抚州任上，闻讯狂喜，写下"雪洗房尘静，风约楚云留"的豪壮诗句。

虞允文和张孝祥，都是绍兴二十四年的进士。那年陆游没有考上。

不是陆游考得不好，而是他考得太好了，比同考场秦桧的孙子秦埙考得好太多，那宰相能同意吗？秦桧发怒了，于是暗箱操作，指示礼部不得录取倒霉的陆游。

那年秦埙考了第一吗？

并没有！

因为高宗干预了考试，亲自将二十三岁的张孝祥擢为第一。这是公元1154年的事。

张孝祥

一般来说，皇帝插手考试是不得人心的。但是这次，估计谁都要为官家的横插一手说声赞！

高宗点完状元，还特意召来秦桧，毫无底线地赞美："张孝祥的诗词、书法，都是当世第一！"

有人曾经说，如果张孝祥能活得久一些，南宋的翘楚人物，也许不是辛弃疾，而会是他。

但历史从来没有如果。

张孝祥是唐代诗人张籍七世孙。在靖康之难的南渡人群里，也有他的父辈。南渡后的张家境况凄凉，张孝祥完全靠自己的努力，奋起于"寂寞荒凉之乡"。他自小便是神童，十六岁中乡试，二十三岁中状元，才华卓绝、性情英迈，当时的人惊呼他是"天上张公子"。

这位"天上张公子"，到底还是在人间的宦海里沉沉浮浮十几年，却也未能抵达实现忠君报国理想的神圣驿站。三十五岁那年，他又一次被免职，他从桂林北归，途经洞庭湖，那时正近中秋，洞庭夜月不免勾起词人内心被贬谪后的悲凉之情，于是他即景抒怀，写下这篇《念奴娇·过洞庭》。

[念奴娇·过洞庭]　张孝祥

洞庭青草，近中秋，更无一点风色。玉鉴琼田三万顷，着我扁舟一叶。素月分辉,明河共影,表里俱澄澈。悠然心会,妙处难与君说。
应念岭表经年,孤光自照,肝胆皆冰雪。短发萧骚襟袖冷,稳泛沧溟空阔。尽把西江,细斟北斗,万象为宾客。扣舷独啸,不知今夕何夕。

张公子的偶像是苏东坡,他似乎也暗暗卯足了劲和偶像比拼。

偶像写下"明月几时有,把酒问青天"的时候是四十岁。

他写下"玉鉴琼田三万顷,着我扁舟一叶"的时候是三十五岁。

这两首中秋词,从此在词史上比翼齐飞。

写下这首词两年以后,张孝祥决意退隐芜湖,绝足仕途。又两年后,已任宰相的虞允文来看他,酷暑七月的江上,张孝祥与好友尽兴对酌,虞允文前脚刚走,张孝祥便和七十年前的秦观一样,亦因中暑亡故!

张孝祥便似南宋星空中最明亮的一颗流星,倏忽划过,短暂又灿烂。

不过,一颗更亮的星已从遥远的天际追赶而来,誓要燃烧南宋的夜空。

南宋最硬核的诗人,一个集英雄、猛将、才子、能臣、干吏诸种鲜明棱角于一身,"不恨古人吾不见,恨古人不见吾狂耳"的牛人,准备闪亮出场了。

公元 1161 年。

宋金和平维持二十年后，完颜亮提兵南下，试图"立马吴山第一峰"，全歼南宋。岂料前方被李宝、虞允文痛击，后方被占区的汉人乘机起义。

其中有一支活动在济南南部山区、两千多人的起义队伍，他们的带头大哥是个二十二岁的书生。

不久，书生带领的队伍并到耿京起义军中，并带着耿京的手令渡河南归。宋高宗当天召见，并赐他官职右承务郎。在回起义军营复命的途中，书生得知叛徒张安国杀了耿京投降金人，遂带骑兵五十人直闯五万人的金营，活捉了张安国并带回朝廷治罪。

五十人打赢了五万人啊！

这个令人胆寒的书生，名叫辛弃疾。

辛弃疾

率众南归后，辛弃疾历任江阴签判、江西安抚使、福建安抚使、镇江知府、枢密都承旨等职。

但做官之外，他无事可做，无仗可打。除了闲居，还是闲居。最长的一次闲居，竟达十年之久。

辛弃疾写了很多的诗词，除了叹息，还是叹息。

"把吴钩看了，栏杆拍遍，无人会，登临意。"

"更能消、几番风雨，匆匆春又归去。"

"而今识尽愁滋味,欲说还休。欲说还休,却道天凉好个秋。"

当年以五十人战五万人,带着泼天杀气冲进金军大营的硬核书生,终于也老了。六十六岁那年,他回望四十三年前旧事,怆然自语:廉颇老矣。但他心里还是从前那个少年,没有一点点改变,所念所想仍是坚决主张抗金,要像在京口建立霸业的孙权和金戈铁马气吞山河的刘裕一样,壮志凌云、为国立功。

[永遇乐·京口北固亭怀古] 辛弃疾

千古江山,英雄无觅,孙仲谋处。舞榭歌台,风流总被雨打风吹去。斜阳草树,寻常巷陌,人道寄奴曾住。想当年,金戈铁马,气吞万里如虎。
元嘉草草,封狼居胥,赢得仓皇北顾。四十三年,望中犹记,烽火扬州路。可堪回首,佛狸祠下,一片神鸦社鼓。凭谁问,廉颇老矣,尚能饭否?

辛弃疾后来死于重病。弥留之际,他仍高声大喊"杀贼!杀贼!"

他这一生,大起大落,敢作敢为,鲜明痛快、酣畅淋漓得有如他写的词,后人称之为"稼轩体"。

他和苏轼一样,引来后世无数人的膜拜。

也和苏轼一样,不曾登上出将入相的仕途巅峰。

使李将军,遇高皇帝,万户侯何足道哉!

可惜，辛将军遇到的，不是高皇帝。

最能理解他的，也许只有他的挚友陈亮。

陈亮

他们年岁相近，在相同的时代里沉浮，结交了相同的朋友。甚至他们的遭遇也十分相似。

辛弃疾不停地被言官弹劾"用钱如泥沙、杀人如草芥"的时候，陈亮也不止一次地下狱。

三十六岁，陈亮因"言涉犯上罪"下狱；

出狱回乡不久，陈亮又因家僮杀人事下狱；

四十一岁，陈亮因将胡椒粉放在羹中，被卢氏诬药死其父，第三次下狱；

四十七岁，家僮吕兴、何廿伤人性命，死者家属告陈亮指使，陈亮第四次下狱。

……

这也许是因为，他们本就是相似的人。

他们二人都狂，都怪，一样自带惹事体质，一样中心炽烈。

辛弃疾上过《美芹十论》，陈亮就上过《中兴五论》。

辛弃疾至死犹记杀贼，陈亮一生坚决主战。

淳熙十二年十二月，宋孝宗命章森赴金国贺万春节，陈亮写词为他送行。陈亮凭借自己对诗词创作的天赋和见解，怀揣热烈的政治热情，将一件让人丧气的事情写得气势磅礴，振奋人心，紧扣题眼出"使"，采用通篇议论的手法，表现出不甘屈辱的一身正气：

[水调歌头·送章德茂大卿使虏] 陈亮

不见南师久，漫说北群空。当场只手，毕竟还我万夫雄。自笑堂堂汉使，得似洋洋河水，依旧只流东？且复穹庐拜，会向藁街逢。
尧之都，舜之壤，禹之封。于中应有，一个半个耻臣戎！万里腥膻如许，千古英灵安在，磅礴几时通？胡运何须问，赫日自当中！

就在那几年以后，陈亮又亲自跑到建康、京口、建业一带观察地形，发出"江南不必忧，和议不必守，虏人不足惧"的铿锵之言。

然而，形势比人强。这两个生不逢时的人，他们的青年与壮年时代，正好是干戈消停的"乾淳之治"，待四十年后烽烟再起，他们一个已逝，一个将故。

公元1162年，金兵渡江南进失败。
公元1163年，南宋隆兴北伐失败。

公元1164年末至1165年初，拉锯的双方决定不打了，坐下来签订"隆兴和议"，互不侵犯，并在节日互派使节祝贺。
随之而来的，是四十年的休养生息。

南宋，逐渐走上"乾淳之治"；金国，也迎来"小尧舜"时代。

这是一段兵戈沉默、使节往驰的日子。

公元1170年，范成大奉命出使金国，修订"隆兴和议"。

范成大

范成大是和虞允文、张孝祥同一年中的进士。

他出使金国的这年秋天，张孝祥已经去世，虞允文时位居宰相。那时候做皇帝的，是一心想要报仇雪耻、恢复祖宗故业的宋孝宗。

宋孝宗需要使者向金索求北宋诸帝陵寝之地，并更改受书礼仪。

这无异于与虎谋皮，几乎是项不可能完成的任务。

左相陈俊卿，因力主暂缓遣使而罢官。吏部侍郎陈良祐，因论不应遣使而罢官。选中的使者李焘，因为害怕而不敢行。

在这种情况下，范成大抱定必死之心，慨然出使金国。

〔水调歌头·又燕山九日作〕 范成大

万里汉家使，双节照清秋。旧京行遍，中夜呼禹济黄流。寥落桑榆西北，无限太行紫翠，相伴过芦沟。岁晚客多病，风露冷貂裘。

对重九,须烂醉,莫牢愁。黄花为我,一笑不管鬓霜羞。袖里天书咫尺,眼底关河百二,歌罢此生浮。惟有平安信,随雁到南州。

在出使途中,范成大经汴梁古城,心中感慨万千。

夜不能寐,呼禹济黄流。此行凶险,他心中怎会不知,但若能为国而死,也算不辱使命。

果然,在范成大提出要陵寝之地、改受书礼仪之后,金国太子完颜允恭差点当场杀死他,后被其他人拦下才作罢。

范成大最终平安归来了。在金国两个月,除了《水调歌头》,他还写了一本旅行日记《揽辔录》。

这是一本心情极为复杂的旅行日记——他路过残破的旧都汴梁城,眼见中原遗民"习胡俗已久",他将东京城中一门一楼的旧名与"虏改"新名一一罗列……

黍离之悲与板荡之痛如潮水般汹涌而来,似乎要将范成大心系百姓、救国救民的心吞噬。

东京陷落,已经四十多年。

公元 1173 年,又一名使者来到东京汴梁。

韩元吉

这是朝廷循例派出的吏部尚书韩元吉,出使金国贺万春节。

金人在汴京城赐宴,韩元吉环顾这北宋的旧都,有梨园虽在而江山易主之感。和范成大一样,他的心中有无限感慨,都化作一股爱国情思,通贯这凄切哀婉的诗句之间。

[好事近·汴京赐宴闻教坊乐有感]　韩元吉

凝碧旧池头,一听管弦凄切。多少梨园声在,总不堪华发。
杏花无处避春愁,也傍野烟发。惟有御沟声断,似知人呜咽。

韩元吉出身于汴京的桐木韩氏。桐木韩氏在北宋是豪族,号称"门族之盛,为天下冠"。靖康之乱时,韩氏避乱江南,其中韩元吉一支迁到福建邵武。

靖康之乱时他十岁。如今他已五十六岁了。
他心里,是不是时时翻腾起"打过长江去,解放全中原"的念头?

但韩元吉也是一个理智的主战派,隆兴北伐的时候,一片请战声中,唯有韩元吉的声音清醒而独立:"愿朝廷以和为疑之之策,以守为自强之计,以战为后日之图。"
后来隆兴北伐失败,事实证明韩元吉是对的。
但朝廷是否真的"以和为疑之之策,以守为自强之计,以战为后日之图"呢?

词史,悄悄记下了和议之后的太平年间,西湖一家酒肆屏风上的词。那是一个游人在酒醉后写的。

俞国宝

[风入松·一春长费买花钱]　俞国宝

一春长费买花钱,日日醉湖边。玉骢惯识西湖路,骄嘶过、沽酒楼前。红杏香中箫鼓,绿杨影里秋千。暖风十里丽人天,花压鬓云偏。画船载取春归去,馀情付、湖水湖烟。明日重扶残醉,来寻陌上花钿。

那时候,赵构已经把皇位禅位给养子赵昚(shèn),闲来无事游西湖,见酒肆屏风上有《风入松》词,询问左右,得知是太学生俞国宝醉后题写。太上皇看得入迷,笑道:"此调甚好,但末句未免儒酸。"于是将"明日再携残酒"改为"明日重扶残醉",并召来俞国宝,当天赐下官职。

这段故事,南宋亡后记录在周密的《武林旧事》里。

俞国宝留下的记载不多,我们只知道他是临川人,淳熙年间的太学生,著有《醒庵遗珠集》,爱喝酒,喜欢到处游玩。他是西湖亿万个游人中的一个。

"暖风熏得游人醉",这是临安府。
那么汴京城呢?

扬州城呢?

公元1176年的冬至之夜。一个少年打马路过扬州。
曾几何时,"腰缠十万贯,骑鹤下扬州"是人间至美的梦想。
而这少年看见的,是一片江山破败。

姜夔

[扬州慢] 姜夔

淳熙丙申至日,予过维扬。夜雪初霁,荠麦弥望。入
其城,则四顾萧条,寒水自碧,暮色渐起,戍角悲吟。
予怀怆然,感慨今昔,因自度此曲。千岩老人以为有
"黍离"之悲也。

淮左名都,竹西佳处,解鞍少驻初程。过春风十里。
尽荠麦青青。自胡马窥江去后,废池乔木,犹厌言兵。
渐黄昏,清角吹寒。都在空城。
杜郎俊赏,算而今、重到须惊。纵豆蔻词工,青楼梦
好,难赋深情。二十四桥仍在,波心荡、冷月无声。
念桥边红药,年年知为谁生。

这座破败的江北名城,从此因为《扬州慢》和姜夔,被后
人牢牢记住。

这年,姜夔二十三岁。

以后他辗转于扬州、湖州、苏州、合肥、杭州,每一处的

停留都让后人留恋——

吴淞江上的"数峰清苦,商略黄昏雨"。

垂虹桥下的"小红低唱我吹箫"。

石湖梅边的"旧时月色,算几番照我"。

词的清空骚雅之境,在姜夔这里登峰造极。

不过,他其实更是个天才的音乐家……

他自度词曲十四首。

留下《白石道人歌曲》六卷。

曾向朝廷献《大乐议》和《琴瑟考古图》。

后人认为,整个宋代民间音乐艺术的最高成就,就是《大乐议》。

而《白石道人歌曲》,是流传至今唯一一部还能按谱弹唱的宋词集。

"野云孤飞,去留无迹。"

这八个字,是姜夔的词境,也是他的一生。

姜夔以布衣终老。他以布衣之身,遍交天下。

他的朋友圈里,全是一个个闪亮的名字:萧德藻、杨万里、范成大、张鉴、张镃、吴潜、刘过。

公元1186年,武昌安远楼建成(也称南楼)。

落成不久,姜夔与刘去非等友人在安远楼小集,并自度《翠楼吟》词纪之，之后旧友皆云散。

二十年后，有人重登南楼。

刘过

安远楼落成不久，刘过离家赴试，曾在这里度过一段潇洒狂放的日子。

"醉槌黄鹤楼，一掷赌百万。"

"黄鹤楼前识楚卿，彩云重叠拥娉婷。"

这是他当年游踪的剪影。

二十年过去了，刘过四次赴考不中，仍然一袭布衣。他回来了，重过南楼，重召故人。

[唐多令·芦叶满汀洲] 刘过

安远楼小集，侑觞歌板之姬黄其姓者，乞词于龙洲道人，为赋此《唐多令》。同柳阜之、刘去非、石民瞻、周嘉仲、陈孟参、孟容。时八月五日也。
芦叶满汀洲。寒沙带浅流。二十年、重过南楼。柳下系舟犹未稳，能几日、又中秋。
黄鹤断矶头。故人曾到否？旧江山、浑是新愁。欲买桂花同载酒，终不似、少年游。

二十年前同游的故人，有的还在，比如刘去非。

有的可能再也不会见面了吧。

因为这首词,《唐多令》这个少有人填的僻调,被疯狂追和,更因其中"重过南楼"之语,被周密改名为《南楼令》。

只因这词,写得太好。

那时的安远楼,已在宋金交战的前线了。

"隆兴和议"带来的四十年安宁刚刚被打破。

公元 1206 年,韩侂胄请宋宁宗正式下诏,挥兵北上——这便是继"隆兴北伐"之后的第二次北伐——"开禧北伐"。但韩侂胄用人失察,不久,西线吴曦叛变,东线丘崈主和。北伐濒临崩溃。

公元 1207 年,史弥远发动政变,诛杀韩侂胄,带着他的人头赴金国签订"嘉定和议"①,开禧北伐宣告彻底失败。

追随韩侂胄的人成了乱党,被史弥远清理,其中就有史达祖。

史达祖

如果把南宋词人们聚起来比赛,那么咏物词的第一名,一定是史达祖!

---

① 诛杀韩侂胄在 1207 年,和议签订在 1208 年。——编者注

[绮罗香·咏春雨] 史达祖

做冷欺花,将烟困柳,千里偷催春暮。尽日冥迷,愁里欲飞还住。惊粉重、蝶宿西园,喜泥润、燕归南浦。最妨它、佳约风流,钿车不到杜陵路。

沉沉江上望极,还被春潮晚急,难寻官渡。隐约遥峰,和泪谢娘眉妩。临断岸、新绿生时,是落红、带愁流处。记当日、门掩梨花,剪灯深夜语。

可是这样的才气,并没有为他带来盛名。
"梅溪以词客终其身,史臣亦不屑道其姓氏。"

史达祖与姜夔、刘过一样,终生布衣。只是他和姜夔等人不同的是,他得到了韩侂胄的极度赏识。韩侂胄当国时,史达祖是他最亲信的堂吏,负责撰拟文书,韩侂胄败后,史达祖牵连受黥刑——依附权臣的污名,从此牢牢跟定了他。

史达祖是汴京人。
到这时候,汴京陷落已八十年。

公元 1206 年,刘过卒。
公元 1207 年,辛弃疾卒。
公元 1210 年,陆游卒。
此前,陈亮、范成大、韩元吉、张元干、张孝祥早已陆续离开人世。

而吴文英、张炎、蒋捷尚未出生……

于是，词坛只余下姜夔飘零江湖，史达祖挣扎于贫困。

在这青黄不接的寂寞之中，赖有刘克庄阔步赶来。

刘克庄

刘克庄生前，谤与名随；身后，毁誉交加。

处女座的刘克庄，争强好胜的性格在他身上表现得尤为明显，与真德秀、郑清之的失和，与贾似道的结交，多多少少与他急进的心态有关。谏官说他卖直，说他贪荣，大概总多少有点依据。

最为骇人的是，晚年为了向陆游看齐，刘老先生不惜以拼命三郎的劲头，在双目已盲的八十二岁的高龄，一年写出四百首诗！

是不是这样的争强好胜、努力刻苦为他赢得了文坛大盟主的头把交椅？这一点不得而知，不过我们知道的是，作为文坛盟主，他真的有很多的追随者，也交了好多好多的朋友……

[沁园春·梦孚若]　刘克庄

何处相逢，登宝钗楼，访铜雀台。唤厨人斫就，东溟鲸脍，圉人呈罢，西极龙媒。天下英雄，使君与操，

> 余子谁堪共酒杯。车千乘，载燕南赵北，剑客奇才。饮酣画鼓如雷。谁信被晨鸡轻唤回。叹年光过尽，功名未立，书生老去，机会方来。使李将军，遇高皇帝，万户侯何足道哉。披衣起，但凄凉感旧，慷慨生哀。

这首词是他为怀念挚友方孚若而作，全词虚实结合，当梦境与现实冰冷相对，对比鲜明，更衬出词人深沉强烈的情感。彼时，他正因故被黜。

刘克庄一生中，朋友很多，而他自己被提拔、被黜落的次数也不少。

公元1225年，影响刘克庄一生的梅花诗案爆发。在此后的几十年间，梅花诗案一直被重新提起，诗祸的余波绵绵不绝，也深深影响到他的仕途，令他屡起屡废。

刘克庄后来说"却被梅花累十年"，他为梅所累，但真要放下却又放不下。晚年，他又作了《梅花百咏》——这是当时震动文坛的佳话，和者甚多，比如方回、刘辰翁、楼考甫……

楼考甫，就是楼槃。

楼槃

楼槃的生平几乎不见记载。《绝妙好词》存其词二首，称其"风致清绝"。

[霜天晓角·翦雪裁冰]　楼槃

翦雪裁冰。有人嫌太清。又有人嫌太瘦,都不是、我知音。
谁是我知音。孤山人姓林。一自西湖别後,辜负我、到如今。

另一首也是《霜天晓角》:"只有城头残角,说得尽、我平生。"

仿佛是写梅,又仿佛是写他自己。

果然,后世几乎没有人说得清他平生了……

楼槃的梅花词在当时应该是非常非常有名的。

刘克庄的友人方回的梅花百咏诗里这样写:

"恨君不识林和靖,雪沍西湖老孤咏。恨我不识楼考甫,角声吹残霜月苦。"

这样看来,在宋词的历史中,楼槃像是个隐士一般的人物。

刘克庄结交的,既有楼槃这样清到绝处的人,也有像潘牥那样癫到极处的人。

公元 1235 年,在这年的进士榜上,潘牥名列第三,贵为探花。

潘牥

这个探花不一般,不仅擅长诗词,而且行事风格也十分特立独行。

《齐东野语》里说他酒量甚豪,喝醉了,就胡乱散去头发和衣服,裸立流泉之中,高唱濯缨之章。

如此的放荡不羁,他为妓馆题诗也就不足为怪了。不过这首《南乡子》乃重访旧地怀思之作,并无丝毫轻薄之意,而是以婉转的情感,表达了作者的怀念与感慨之深。

[南乡子·题南剑州妓馆] 潘牥

生怕倚阑干。阁下溪声阁外山。惟有旧时山共水,依然。暮雨朝云去不还。
应是蹑飞鸾。月下时时整佩环。月又渐低霜又下,更阑。折得梅花独自看。

潘牥字庭坚,也是个和黄庭坚一样的神童,据说他在六七岁的时候,便写得出"竹才生便直,梅到死犹香"这样的句子。

大概潘牥这辈子是过得太任性肆意了,四十三岁便将一生挥霍殆尽,于任上去世。刘克庄给他写了墓志铭。

刘克庄结交的一时俊彦中,还有黄孝迈。

黄孝迈

黄孝迈号雪舟,有《雪舟长短句》,但已散佚,仅存一首《湘春夜月》,一首《水龙吟》,以及两首残句。

但是诗史词史,向来不是倚多为胜的。

楼槃的《霜天晓角》是如此,黄孝迈的《湘春夜月》也是如此。

[湘春夜月·近清明] 黄孝迈

近清明。翠禽枝上消魂。可惜一片清歌,都付与黄昏。欲共柳花低诉,怕柳花轻薄,不解伤春。念楚乡旅宿,柔情别绪,谁与温存?

空樽夜泣,青山不语,残月当门。翠玉楼前,惟是有、一波湘水,摇荡湘云。天长梦短,问甚时、重见桃根。者次第,算人间没个并刀,剪断心上愁痕。

这样的句子,当真当得起"风度婉秀,真佳词也",刘克庄晚年为他作序,对他大加赞赏,说晏殊、贺铸也不过如此,不是没有道理的。

真佳词是没有道理的。

刘克庄痴迷于数量。

黄孝迈取胜于风度。

竟然还有人,因为拼字数出名……

公元1251年，涌金门外西湖边丰乐楼重建，有人写了一首长长长长长的《莺啼序》，其"大书于壁"，一时满城惊艳。写词的这个人，名叫吴文英。

吴文英

吴文英这时候也不年轻了，在临安府大概断断续续住了有十年。

京尹赵与筹把丰乐楼盖好请客的时候，吴文英正好在临安，于是他墨汁淋漓，写词贺之。

这里稍微解释一下《莺啼序》这个梗。

《莺啼序》是最长且最难写的词牌之一……不，可能都没有之一！因为它太长了，240个字，很容易写得难看——除了首创人吴文英。

吴文英自己，一辈子也就写过三首。

[莺啼序·春晚感怀]　　吴文英

残寒正欺病酒，掩沉香绣户。燕来晚、飞入西城，似说春事迟暮。画船载、清明过却，晴烟冉冉吴宫树。念羁情、游荡随风，化为轻絮。

十载西湖，傍柳系马，趁娇尘软雾。溯红渐招入仙溪，锦儿偷寄幽素，倚银屏、春宽梦窄，断红湿、歌纨金缕。暝堤空，轻把斜阳，总还鸥鹭。

幽兰旋老，杜若还生，水乡尚寄旅。别后访、六桥无信，事往花委，瘗玉埋香，几番风雨。长波妒盼，遥山羞黛，渔灯分影春江宿。记当时、短楫桃根渡，青楼仿佛，临分败壁题诗，泪墨惨淡尘土。

危亭望极，草色天涯，叹鬓侵半苎。暗点检、离痕欢唾，尚染鲛绡，亸凤迷归，破鸾慵舞。殷勤待写，书中长恨，蓝霞辽海沉过雁。漫相思、弹入哀筝柱。伤心千里江南，怨曲重招，断魂在否？

这一首《春晚感怀》和另一首《荷》都是致他终将消失的爱情的，余下的一首，给了丰乐楼。

能配上丰乐楼的，大概也只有《莺啼序》了。

丰乐楼，就是北宋第一楼樊楼的后身。

北宋的樊楼，曾在靖康之耻的前两年扩建过。扩建后的樊楼极其壮丽，"灯烛晃耀"，为了粉饰太平，樊楼易名为丰乐楼。

如今于西子湖畔重建的丰乐楼也瑰丽宏伟，而且，与北宋的丰乐楼命运相似的是——南宋的日子也不太久了。

公元 1206 年，成吉思汗统一蒙古各部，建立大蒙古国。

公元 1271 年，忽必烈改国号为"大元"，由此开启大元帝国的辉煌历史。

公元 1272 年，元军分水陆两路进攻南宋。

公元 1273 年，元军攻破襄阳城[①]。

公元 1274 年，太皇太后谢道清号召天下勤王，张世杰、文天祥、李芾起兵抗元。

公元 1275 年，元军分三路进逼临安。

公元 1276 年，元兵攻破临安，南宋灭亡。

是年，宋恭帝、谢太后被掳北上。杨淑妃带着宋朝二王（益王赵昰、广王赵昺）逃亡。文天祥以右丞相身份赴元营谈判。

暮春，刘辰翁离开避难地吉水虎溪，开始漂泊。

刘辰翁

刘辰翁心里的春天，再也回不来了。

他和文天祥是庐陵同乡。文天祥起兵抗元的时候，刘辰翁也曾短期参与其江西幕府，不久便归居山中。元兵攻入临安的时候，他正在吉水虎溪。

［兰陵王·丙子送春］　刘辰翁

送春去。春去人间无路。秋千外，芳草连天，谁遣风沙暗南浦。依依甚意绪。漫忆海门飞絮。乱鸦过，斗转城荒，不见来时试灯处。

春去最谁苦。但箭雁沉边，梁燕无主。杜鹃声里长门

[①] 此处指 1267~1273 年历时近 6 年、发生于南宋与元朝之间的重要战役，史称"襄阳之战"，最终以南宋襄阳失陷而告结束。——编者注

> 暮。想玉树凋土，泪盘如露。咸阳送客屡回顾。斜日未能度。
> 春去尚来否。正江令恨别，庾信愁赋。苏堤尽日风和雨。叹神游故国，花记前度。人生流落，顾孺子，共夜语。

春去。春去。春去。

从这年春天开始的三年间，刘辰翁漂泊在外。丙子送春之后，他又曾丁丑送春、庚辰送春。

宋亡以后，这个前朝的进士隐居起来，埋头著书，以此终老。

同样开始流浪的还有蒋捷。

蒋捷

当年北宋覆亡时，士人们大批南渡，如今，该往哪里去？

曾经的"樱桃进士"，颠沛流亡于龙游、兰湾、苏州一带，过起了"影厮伴、东奔西走""枯荷包冷饭"的日子。

从前种种，恍然如梦。

[一剪梅·舟过吴江]　蒋捷

> 一片春愁待酒浇。江上舟摇，楼上帘招。秋娘渡与泰娘桥，风又飘飘，雨又萧萧。
> 何日归家洗客袍？银字笙调，心字香烧。流光容易把

人抛，红了樱桃，绿了芭蕉。

从少年风光到听雨客舟，流光容易把人抛，蒋捷也因此诗被称为"樱桃进士"。

如今何日归家？又何处是家？

宋亡后他成了"竹山先生"。纵然二十年无家可归、无竹可种，他也牢牢守着宜兴蒋家的门风，不肯仕元，有人说他做了僧人，也有人说他做了私塾先生。

蒋捷四处流浪的时候，亦有人登临古阁，感慨万千。

周密

[一萼红·登蓬莱阁有感]　周密

步深幽。正云黄天淡，雪意未全休。鉴曲寒沙，茂林烟草，俯仰千古悠悠。岁华晚、飘零渐远，谁念我、同载五湖舟？磴古松斜，崖阴苔老，一片清愁。
回首天涯归梦，几魂飞西浦，泪洒东州。故国山川，故园心眼，还似王粲登楼。最负他、秦鬟妆镜，好江山、何事此时游！为唤狂吟老监，共赋消忧。

周密是临安人。

临安一被攻破，周密随即流亡。

这年冬天和第二年的冬天，他从剡溪到会稽和王沂孙相见，两度登上卧龙山蓬莱阁。

后来宋亡，周密隐居弁山不出，写了很多很多的书。

他的曾祖是从济南迁过来的，到了周密，已经是第四代了。但他不忘祖籍，后来他写书，书名就叫《齐东野语》。

对了，鼎鼎大名的《武林旧事》和《绝妙好词》也是他编写的。

就这样，南宋的士子们像浮萍一样，四散漂泊。

但比起张炎，比起张家的灭顶之祸，也许，他们还算是幸运的。

张炎

张炎是王孙公子。

他的六世祖，是与岳飞、韩世忠、刘光世并称南宋"中兴四将"的张俊，生前封清河王，死后追封"循王"。

元兵攻破临安后，张炎祖父张濡被元人磔杀，所有家财被抄没——这并不是因为他们的祖先是循王张俊，而是因为张濡在独松关误杀元使招来的惨酷报复！

这一年，张炎二十九岁。

于是张炎的人生也在二十九岁这年被划为两半。

之前，他是钟鸣鼎食之家的贵公子，过着清雅又富贵的日子。

之后,家道中落、贫难自给的张炎,一度以卖卜为生——还曾经北上元都大都。

〔八声甘州·记玉关踏雪事清游〕 张炎

辛卯岁,沈尧道同余北归,各处杭、越。逾岁,尧道来问寂寞,语笑数日。又复别去。赋此曲,并寄赵学舟。

记玉关踏雪事清游,寒气脆貂裘。傍枯林古道,长河饮马,此意悠悠。短梦依然江表,老泪洒西州。一字无题处,落叶都愁。

载取白云归去,问谁留楚佩,弄影中洲?折芦花赠远,零落一身秋。向寻常、野桥流水,待招来,不是旧沙鸥。空怀感,有斜阳处,却怕登楼。

这段小序的背后,是临安覆灭十四年后,他曾与友人北上一年——怀着复杂而矛盾的心情,在"当元朝的官"还是"当南宋的遗民"之间反反复复地权衡、踟蹰、掂量。

后来他还是回来了,余年,他以南宋遗民的身份,终老于临安。

"楚江空晚。怅离群万里,恍然惊散。自顾影、却下寒塘,正沙净草枯,水平天远。写不成书,只寄得、相思一点……"

这惶然失群、无路可投的孤雁!

这孤雁是张炎,是胡乱漂泊的遗民,也是不停奔逃的流亡小朝廷。

公元1277年，二王组成的流亡小朝廷被元兵追逼逃到南海。

公元1278年，流亡小朝廷的保护人之一文天祥，在广东和江西一带苦苦强撑。

文天祥

文天祥并非武将出身，他是二十岁就考中状元的才子，宋史说他"体貌丰伟，美晳如玉"。

在国亡家破的时候，这位才子状元，毅然担起了武夫的责任。

临安陷落时，文天祥作为使臣到元营谈判，先被扣押，后来于押解北上途中逃归。他经真州到温州、漂流海上，辗转于江西、福建、广东一带率兵抵抗了两年。

景炎三年十二月，文天祥在潮州战败被俘，解往元大都，走到南京时，同行的邓剡病了，文天祥与邓剡写词作别。

[酹江月·和友驿中言别]　文天祥

乾坤能大，算蛟龙元不是池中物。风雨牢愁无著处，那更寒虫四壁。横槊题诗，登楼作赋，万事空中雪。江流如此，方来还有英杰。

堪笑一叶漂零，重来淮水，正凉风新发。镜里朱颜都变尽，只有丹心难灭。去去龙沙，江山回首，一线青如发。故人应念，杜鹃枝上残月。

是真名士自风流，是真英雄从不输阵。
就凭着这股豪气，文天祥犹自苦撑。

公元 1279 年，宋元之间的最后大决战——厓山海战①爆发，元将张弘范强制文天祥随船前去。文天祥坐在舟中，眼睁睁看着宋军挨打，心中惨如刀割——人生还有什么比这更痛苦？

在拼死抵抗两个月之后——
丞相陆秀夫背着幼帝赵昺蹈海赴死。
大将张世杰突围后在平章山下遇风暴溺亡。
十万军民跳海殉国。

自此再无大宋。

唯有无数遗民还在苟延残喘。

王沂孙

[齐天乐·蝉] 王沂孙

一襟余恨宫魂断，年年翠阴庭树。乍咽凉柯，还移暗

---

① 也作"崖山海战"，是宋朝军队与蒙古军队于 1279 年在崖山进行的海战，是中国古代少见的大规模海战。——编者注

叶，重把离愁深诉。西窗过雨。怪瑶佩流空，玉筝调柱。镜暗妆残，为谁娇鬓尚如许。
铜仙铅泪似洗，叹携盘去远，难贮零露。病翼惊秋，枯形阅世，消得斜阳几度？馀音更苦。甚独抱清商，顿成凄楚？谩想熏风，柳丝千万缕。

在《乐府补题》里，王沂孙与唐珏、周密等一共咏了五种物——"龙涎香""白莲""蟹""莼"还有"蝉"。这是他们，还有无数南宋遗民们悲哀的身世。

病翼惊秋，枯形阅世，消得斜阳几度？
馀音更苦。

从公元960年，一路走到1279年，历经了319年的大宋就这样走到了尽头。

所有的慷慨长歌，所有的繁华盛丽，所有的悲伤沉重，都渐渐隐没在时光的黑洞之中。

而关汉卿们，已从前方走来。

玖

元曲

天地间不见一个英雄

没有谁能逃过风波重重的人生，纵然是事事如意的人生赢家；也没有哪个王朝能逃过改朝换代的命运，纵然它曾流光溢彩、辉煌灿烂！

比起全唐诗全宋词来,全元曲可是够客气的,《全元散曲》也就收录了总共三千八百五十三篇。

一天读个一篇的话,读个十年也差不多可以读完吧。不像全唐诗全宋词,动不动就得读个一辈子。

就如同宋词不是从公元960年开始的,元曲也不是从公元1271年开始的。至少在宋仁宗末年,就出现了其萌芽期的"叫果子""货郎歌",当然文学意义上的元曲,还要再晚些开始。

事实上,它开始于金词。
开始于一个我们都十分熟悉的人——
写"问世间,情为何物"的元好问。

元好问是变金词为散曲的第一人。

公元1190年，元好问出生。

他七岁能诗，被称为"神童"。二十八岁，写出《论诗三十首》。二十九岁，礼部尚书赵秉文看过元好问的《元鲁县琴台》一诗后，惊为天人："杜甫以后，还没有人写得这样好！"于是"元才子"一下子火了。

元好问豪迈地收下了所有的赞扬与称许。

他内心里觉得自己是可以与苏轼、辛弃疾等文豪们肩比肩一起"上天"的，当他的友人问他："宋词要数苏东坡第一，以后便算辛稼轩，你自认为比秦、晁、晏、贺如何呢？"

元好问的反应很有趣，他大笑，拍着友人的背说："那知许事，且啖蛤蜊。"

你是不是恍惚看到了一点东坡先生的影子？

元好问生于金国官宦之家，少年博通经史，青年沉浮仕途，中年遭遇亡国之祸，一生的起落之间，性情仿佛苏东坡，深沉不减辛稼轩，元曲在他手上草创而成，实是意料中事。

公元1231年，元好问写成他的第一首散曲《三奠子》。

元好问

但他最有名的散曲，当然是万人传诵的《骤雨打新荷》。

[骤雨打新荷] 元好问

绿叶阴浓,遍池亭水阁,偏趁凉多。海榴初绽,朵朵蹙红罗。老燕携雏弄语,有高柳鸣蝉相和。骤雨过,珍珠乱撒,打遍新荷。人生百年有几,念良辰美景,休放虚过。穷通前定,何用苦张罗。命友邀宾玩赏,对芳樽浅酌低歌。且酩酊,任他两轮日月,来往如梭。

听起来是不是还有词的感觉在其中呢?

这个中缘故,且听道来。

《三奠子》和《骤雨打新荷》都是自度散曲。

起初,文人的自度散曲本质就是词,写法也是词,不同于宋词的是它的曲调,配的是北曲①的宫调。所以散曲也称为北曲。

《四库全书总目提要》里说:

"自宋赵彦肃以句字配协律吕,遂有曲谱。至元代,如《骤雨打新荷》之类,则愈出愈新。"

隐隐地也指出《骤雨打新荷》是元散曲的开山之曲。

《骤雨打新荷》原名《小圣乐》,问世以后,"名姬多歌之"。因为里面"骤雨过,珍珠乱撒,打遍新荷"的句子太好听了,人们多称之为《骤雨打新荷》,原名反而埋没了。

---

① 宋元以来,对于北方戏曲、散曲所用各种曲调的统称。——编者注

元好问留下散曲十四首。

比起他的诗来,这十四首想必连个零头都算不上——身为金元第一诗人,元好问一生留下 1388 首诗(据说他写了 5000 多首),其中尤以丧乱诗闻名,不愧是"北方文雄""一代文宗"。

他是金国人。

金人在靖康二年亡了北宋,然而自己也没有逃过亡国的命运。

公元 1233 年,南宋、蒙古、金三国鼎立的局面轰然瓦解。

就在南宋的理宗日夕亲政、励精图治、决心打过淮河去的那一年,蒙古兵攻破金国汴京城。元好问只好抱着同是神童的白朴辗转于兵乱之中。

白朴

白朴那年也是七岁。

白朴的父亲白华与元好问父子是世交,元好问曾经说"元白通家旧",他又特别器重白朴,赞他"诸郎独汝贤"。

城破的时候,白华不在城中——战事吃紧,他只得丢下家小,随着金哀宗渡河北上了。

城大乱中,白朴一家走失,幸好元好问尚在城中,把白朴姐弟收留起来,竭力安顿。其时瘟疫蔓延,白朴不幸染了瘟疫,元好问昼夜将他抱在怀里,到了第六天,小白朴竟然奇迹般地出汗而愈。

五年后,元好问到访在真定落脚的白华,将白朴姐弟送还。白华喜不自胜,感慨"灯前儿女,飘荡喜生还"。

然而这段飘荡的生涯从此在白朴心里烙下了痕迹。成年以后,他仍然走不出亡国奔命的幼年阴影。

三十六岁那年,他在多次拒绝师友的荐举后,自觉不便在真定久留,便弃家南游,表示与元朝廷永无缘分。

从此直至去世,除了短暂地回过几次真定,白朴终此一生几乎都在四处漫游。他风尘仆仆地到过汉口,经过巴陵,游过淮扬……仿佛尘世的风景,能够抹去他的哀伤。

[天净沙·冬] 白朴

一声画角谯门,半庭新月黄昏,雪里山前水滨。竹篱茅舍,淡烟衰草孤村。

亡国才子他乡老,冷月黄昏落孤村。

生于动乱之年,长于兵乱流离,白朴的人生经历过于跌宕坎坷。

一直到八十多岁,还有人在扬州见过他,不过后来就再也没有了他的消息。

在这场颠沛流离的漫游中,白朴写完了《唐明皇秋夜梧桐雨》《董秀英花月东墙记》《裴少俊墙头马上》诸本杂剧,与关汉卿、马致远、郑光祖并列为元杂剧四大家。

白朴和关汉卿都是金的遗民。

白朴定居真定以后不久,关汉卿也暂时隐居于真定附近的古祁州伍仁村。但关汉卿天性不甘寂寞,终老于乡村不是他的风格。

公元1235年,元太宗窝阔台在燕京置版籍,核定人口。
公元1238年,燕京建太极书院。
公元1241年,燕京设断事官,建燕京行中书省。

这个离真定不远的金国故都,正在蓬蓬勃勃地重建繁华,也正在诱惑着关汉卿前去投奔。

关汉卿

关汉卿曾是金国太医院尹[1]。

金亡以后,关氏一家可能都在安国县伍仁村安身,如今伍仁村镇周围仍有关氏祖父、叔父的事迹流传,或者伍仁村就是关氏祖居也有可能。

安国县盛产药材是出了名的,也是药材集散地,历代太医院都赖此地进贡药材,也许是关汉卿当药官的时候常来这里,也许是关家与皇家的医疗医药本来就颇有渊源——它安置了亡国遗民关汉卿的身,却拘不住他那颗活蹦乱跳的心。

至少在燕京重新繁华以后,关汉卿就迁居过去了——那真

---

[1] 关于关汉卿的"太医院尹"身份仍有待考证,此处采用绝大多数史料认可的说法。——编者注

是如鱼得水!

[四块玉·闲适] 关汉卿

适意行,安心坐,渴时饮饥时餐醉时歌,困来时就向莎茵卧。日月长,天地阔,闲快活!
旧酒投,新醅泼,老瓦盆边笑呵呵,共山僧野叟闲吟和。他出一对鸡,我出一个鹅,闲快活!
意马收,心猿锁,跳出红尘恶风波,槐阴午梦谁惊破?离了利名场,钻入安乐窝,闲快活!
南亩耕,东山卧,世态人情经历多,闲将往事思量过。贤的是他,愚的是我,争甚么?

这新鲜热辣的声口,是彼时散曲的真正样子,也是和散曲一样俗的"大俗人"关汉卿的快活人生。

关汉卿肆意欢纵——"玩的是梁园月,饮的是东京酒,赏的是洛阳花,攀的是章台柳",他立志做"蒸不烂、煮不熟、捶不扁、炒不爆、响珰珰一粒铜豌豆",他可能自己都没有想到,随着杂剧在燕京的形成、兴起和繁荣,日后杂剧在他手中搓圆捏扁,任意挥洒,他这么玩着,竟然玩成了一个元朝杂剧之父。

但杂剧史不让他专美于前。
当这个"普天下的郎君领袖,盖世界浪子班头"满燕京招摇的时候,有个将和他齐名于杂剧史的小毛头悄然出生了。

王实甫

王实甫的父亲王逊勋是有着累累军功的一代猛将，他跟随成吉思汗西征，一直当到太原郡侯，发迹后迁居燕京，王实甫就出生在此。

[十二月过尧民歌·别情]　王实甫

自别后遥山隐隐，更那堪远水粼粼。见杨柳飞绵滚滚，对桃花醉脸醺醺。透内阁香风阵阵，掩重门暮雨纷纷。怕黄昏忽地又黄昏，不销魂怎地不销魂。新啼痕压旧啼痕，断肠人忆断肠人。今春香肌瘦几分？搂带宽三寸。

这个军人家庭的官二代是何时爱上写曲的，已不可知了，总之，天才一出手，世人总要懵三懵的——他的《西厢记》脍炙人口，几百年来不晓得养活了多少人……

据说王实甫出生于公元1260年。
那时候，大元帝国，还没有成形呢。

公元1271年，在刘秉忠的建议下，忽必烈取《易经》"大哉乾元"，意为"伟大的开始"之意，将蒙古更名为"大元"，这就是元王朝命名的由来。

刘秉忠何许人也？

刘秉忠

四十八岁以前,他不叫刘秉忠,叫"聪师父",是个僧人。

这聪师父原是个金国官二代,也曾是个神童(仿佛乱世的神童会特别多些),八岁能日诵古文数百言,十三岁在帅府做人质,十七岁为邢台节度使府令史。

不愿意沦为书记小吏的他,眼看"大丈夫生不逢时",决定"隐退以待时而起",于是弃官隐居于武安山中。若干年后,被天宁寺虚照禅师收为徒弟。又若干年后,云游云中府,留居南堂寺。

忽必烈即位之前,禅宗高僧海云禅师奉召,路过云中,顺便把聪师父带上了。这一带,就把他带到了元世祖身边,君臣相伴数十年。

在聪师父四十八岁那年,忽必烈采纳了大臣的建议,赐他高官厚禄及美妻,他这才算是脱下僧服,正式还俗,改名刘秉忠。

也许刘秉忠只是顺应了忽必烈的心愿,其实穿着僧服还是官服,于他都是一样。他仍旧闲云野鹤,惯常地读书、作诗、写词、饮酒、弹阮式古琴、写二王书法。

〔南吕·干荷叶〕 刘秉忠

干荷叶,色苍苍,老柄风摇荡。减了清香,越添黄。都因昨夜一场霜,寂寞在秋江上。

人世间的繁华相替,荣辱变迁,就像这荷叶的荣枯,何时消停过?

总是你去了我来,我走了他到。

公元1274年,刘秉忠忽然无病而逝,忽必烈失去了他最重要的谋臣。

公元1275年,正当壮年的姚燧走入仕途,逐渐成为忽必烈的重臣。

姚燧

早在刘秉忠建议定国号的那一年,姚燧的师父许衡被任命为集贤大学士兼国子祭酒①,忽必烈亲自挑选蒙古子弟交给他教育。

许衡奏召十二弟子为伴读,姚燧就是其中的一名伴读郎。

姚燧的祖先在辽金两朝做过高官,抚养他长大的伯父姚枢是著名的汉族儒臣,他十三岁在伯父家中见过许衡,十八岁正式拜师学习理学。

---

① 国子祭酒是古代的学官名,是对古代主管学务的官员和官学教师的统称。——编者注

显赫的家族、耀眼的师门、天赋的才气，使得他似乎不须什么力气就能赢得高官厚禄。然而，宦海沉浮，他也体验着这仕途的变幻莫测：

[阳春曲·笔头风月时时过]　　姚燧

笔头风月时时过，眼底儿曹渐渐多，有人问我事如何？人海阔，无日不风波！

没有谁能逃过风波重重的人生，纵然是事事如意的人生赢家；

也没有王朝能逃过改朝换代的命运，纵然曾流光溢彩、辉煌灿烂！

公元 1279 年，南宋灭亡，元朝一统。

这以后，元朝的经济重心从北方转移到南方，随之南移的，是大批士人、艺人。同时，亡国的愤慨和仕途的无望，在江南催生了一批新的浪子。

在这滚滚人流中，与诸才子交好、色艺双绝的杂剧演员珠帘秀从洛阳启程南下了。

珠帘秀

珠帘秀，又唤作朱帘秀，姓朱，行第四。大抵她是洛阳人，王恽称其为"洛姝"。

若那时候就有奥斯卡,那么珠帘秀想必小金人已经拿到手软了——据说她的演技为当世第一。元末夏庭芝编《青楼集》,说她"杂剧为当今独步,驾头(类似老生)、花旦(类似青衣)、软末泥(类似小生)等悉造其妙",可见其风头。胡祗遹编《朱氏诗卷序》时,也对她赞不绝口。

顺带一提,《朱氏诗卷序》是珠帘秀的诗集,这位才情俱佳的女子不仅能演戏,而且能写诗写曲。

据传她最著名的绯闻男友,就是关汉卿。关汉卿的确给她写过《一枝花·赠珠帘秀》,写得非常美——"拂苔痕满砌榆钱,惹扬花飞点如绵。愁的是抹回廊暮雨萧萧,恨的是筛曲槛西风剪剪……十里扬州风物妍,出落着神仙"!

不过据考证,三十岁的名伶和八十岁的浪子这一段绯闻,并不存在。真正和珠帘秀缱绻难舍的是卢挚。

卢挚给珠帘秀写词:"系行舟谁遣卿卿,爱林下风姿,云外歌声",珠帘秀也不含糊地热烈回应——

〔寿阳曲·答卢疏斋〕 珠帘秀

山无数,烟万缕。憔悴煞玉堂人物。倚篷窗一身儿活受苦,恨不得随大江东去。

可惜这样高调秀恩爱的，总是很少有圆满结果的。

珠帘秀晚年定居杭州，嫁与道士洪丹谷。去世前，洪丹谷为她作歌："二十年前我共伊，只因彼此太痴迷，忽然四大相离后，你是何人我是谁？"

珠帘秀一笑而逝。

所有的因缘际会，哪个不是"只因彼此太痴迷"呢？

若卢挚当时在场，不知他是否也会想起——

公元1303年，在扬州，他们的那场初相见。

卢挚

卢挚与珠帘秀注定不会有结果。

这位大德八年成为"玉堂人物"的高官，此前的名望已经很响亮——他曾以成宗侍从、汉人名儒、文翰清望之臣的身份，到湖广行省代祀。

年轻时候，卢挚因父亲的缘故由诸生入朝充秃鲁花[①]，再凭自己"国手棋"的本领被忽必烈擢为侍从，然后步步高升。

他文才既一流，官运又亨通，渐渐升到了文人最高职的正二品翰林学士承旨——文人所求，不过如此。但他却想辞官。

辞官的原因很简单：大德年间，政治斗争过于激烈，不慎卷入的卢挚深感苦闷。

---

① 又译"秃鲁华"，指蒙元怯薛（护卫军、禁卫军）中的散班。——编者注

大约在大德九年年底,卢挚愤而离朝,外任宪使,写下"为功名枉争闲气""炼成腹内丹,泼煞心头火"这些措辞激烈的句子。

[沉醉东风·秋景挂绝壁] 卢挚

南柯梦清香画戟,北邙山坏冢残碑。风云变古今,日月搬兴废,为功名枉争闲气,相位显官高待则甚底,也不入麒麟画里。

大德十年以后,卢挚任浙西廉访史,长期居留江南,和江南一带的士子们结社、吟唱、悠游山水,他的心境才渐渐平静下来。

那大概是公元1306年至1307年左右。

其时,马致远亦在杭州任江浙行省务官,与卢挚交往密切,时有酬唱。

马致远

马致远是大都人。

他年轻时热衷功名,满怀着"太平时龙虎风云会"的渴望。他有驰骑燕赵的雄心,也曾刻苦学习六艺,更曾付出"写诗曾献上龙楼"的实际行动。

但偏偏命运与他作对，卢挚如探囊取物的清贵，到他这里却难似登天。马致远一生与荣华富贵无缘，却阴差阳错的，被后人称为曲状元、曲仙，与诗仙李白、词仙苏轼同列。

终于，在"二十年漂泊生涯"之后，马致远怀着对时政的不满归隐田园，日日深杯酒满，朝朝小圃花开，自许为"林间友""世外客"，去世之后葬于祖茔。

他最著名的《天净沙·秋思》大抵就写于约五十岁归园田居时。

〔天净沙·秋思〕 马致远

枯藤老树昏鸦，小桥流水人家，古道西风瘦马。夕阳西下，断肠人在天涯。

卢挚结交的士子还有张可久。

张可久

卢挚在扬州结识珠帘秀的同一年，也在吴淞结识了张可久，那时候张可久应该是二十岁刚出头，但已经崭露头角了。

张可久在至大、延祐年间就居住在杭州，并在这里购置了房产，参加诗社的活动也早，与刘致、姚燧、贯云石、卢挚、薛昂夫等都有密切的交往。

他的散曲,写得极雅,是元代散曲中"清丽派"的代表。

他写山中事,是"松花酿酒,春水煎茶";写少女的情,是"掩霜纨递将诗半篇,怕帘外卖花人见";写生民涂炭,也只是这样一声文雅含蓄的叹息:

[卖花声·怀古]　张可久

阿房舞殿翻罗袖,金谷名园起玉楼,隋堤古柳缆龙舟。
不堪回首,东风还又,野花开暮春时候。
美人自刎乌江岸,战火曾烧赤壁山,将军空老玉门关。
伤心秦汉,生民涂炭,读书人一声长叹。

他的散曲编为《小山乐府》,不禁让人想起另一个小山来,后者也同样是那样的雅致、清丽。他一生只作散曲,不写杂剧。

也许是他觉得杂剧太俗。

贯云石在《小山乐府》的序文里说:小山以儒家,读书万卷——他是懂他的。

公元1314年,贯云石和张可久相识于钱塘观潮时。

贯云石

那年,贯云石称病归江南,卖药隐居钱塘市中。

贯云石是他的汉名,他的全名叫作贯小云石海涯。
贯小云石海涯是维吾尔族,生于贵族之家,他的师父,是名满天下的一代硕儒姚燧。

二十岁的时候，贯小云石海涯承袭父爵，出任两淮万户达鲁花赤（这是一个拥有实际兵权的三品要职）。不久，又出镇永州。这位刚及弱冠的少年将军，管辖着十一万户百姓，统率着七千将士，更难得的是，他文武双全——公务之暇，最爱写诗作曲，投壶雅歌。

看起来多么美好。

可是私底下，年轻的将军矛盾又苦闷：他想要建功立业，也想要自由闲适，鱼与熊掌，如何取舍？

挣扎了九年，二十九岁那年，贯云石终于决定将官职军权让给弟弟忽都海涯，自己则卖药于钱塘市中，自号"芦花道人"。

他只卖一种药，叫作"第一人间快活丸"，有人买，他就摊开两手大笑……买主也就恍然大悟，笑着走了。

他年仅三十九岁就去世了，对他来说这也许并不是死亡，而是终于摆脱了最后的、皮囊的桎梏吧。这样的人，是应该"回到天上"去的。

[殿前欢·畅幽哉]　贯云石

畅幽哉，春风无处不楼台。一时怀抱俱无奈，总对天开。就渊明归去来，怕鹤怨山禽怪，问甚功名在？酸斋是我，我是酸斋。"

贯云石的母亲在怀他的时候，曾梦见有耀目的星星入怀。而他出生的时候，神彩秀异非同凡人，他卓绝的一生，刚好处于元曲的黄金时代。贯云石以通脱豪爽的风格闯入了散曲阵地，犹如天马奔驰，赢得世人阵阵叫好。王世贞《曲藻》序里，将他称为中华文化史上"擅一代之长"的杰出人物——他最终成了"酸斋"贯云石。

酸斋是人间的传奇。
但更妙的是竟然还有个甜斋。
甜斋便是嗜甜的徐再思。

徐再思

每个人想要的东西都不一样。
有人辞官归故里，有人漏夜赶科场——仿佛说得便是酸斋和甜斋。

为追求功名，甜斋离开家乡，在太湖一带漂泊了十年之久。但他终其一生也没有能走上仕途。

〔水仙子·夜雨〕　徐再思

一声梧叶一声秋，一点芭蕉一点愁，三更归梦三更后。落灯花，棋未收，叹新丰逆旅淹留。枕上十年事，江南二老忧,都到心头。

"那些为生活所折磨,厌倦于跟人们交往的人,是会以双倍的力量眷恋着自然的。"语出车尔尼雪夫斯基。

看来古今中外人们对"出世"与"入世"的看法是不谋而合的。

有别于唐诗的激昂奋进,有别于宋词的清雅宛转,元散曲中满布着叹世之作:沉沦,幻灭,虚无,冷漠。

张可久如此,徐再思如此,乔吉亦如此。

差不多就在贯云石、张可久相识的那一年,乔吉也南下游历。

乔吉

乔吉也是一生未仕。

钟嗣成在《录鬼簿》中说他"美姿容,善词章",又作吊词道:"平生湖海少知音,几曲宫商大用心。百年光景还争甚?空赢得,雪鬓侵,跨仙禽,路绕云深。"

再看看乔吉的自述,他那不得志的一生仿佛便在眼前。

[绿幺遍·自述] 乔吉

不占龙头选,不入名贤传。时时酒圣,处处诗禅,烟霞状元,江湖醉仙,笑谈便是编修院。留连,批风抹月四十年。

他一生相当多的时间是在当度曲清客、陪酒侍宴中度过，浪游江湖，走遍各地，和公卿、名妓、文士交往。

乔吉有三部杂剧传世——《杜牧之诗酒扬州梦》《李太白匹配金钱记》《玉箫女两世姻缘》，无一例外地，都是大元才子们"争不得也"背后刻骨的荒凉。

当一个时代的主调以这样的颓废与沉沦为美，它的存在何能长久？

何况兵燹、饥馑和疾瘟接踵而来！

公元 1329 年，关中大旱。

据《元史·五行志》载，大旱灾甚至不断向东、向南蔓延开去：

"二年夏，真定、河间、大名、广平等四州四十一县旱；峡州（今宜昌）二县旱；八月，浙西湖州、江东池州、饶州旱，十二月冀宁路旱。"

在那年的关中山路上，匆匆路过一个七十岁的老者，他刚刚被任命为陕西行台中丞，负责赈灾。

张养浩

此前，张养浩已经三拒朝廷的召请了。

他和卢挚一样,为了避祸,不惜隐遁在家中,但为了救灾,他慨然登车,马不停蹄地去上任了。

他途经洛阳、渑池、潼关,直达长安,一路行去,眼见灾民的痛苦挣扎,感慨中写了数首怀古散曲,其中最著名的,就是金庸在《射雕英雄传》里让樵夫唱出的"兴,百姓苦;亡,百姓苦!"

[山坡羊·潼关怀古] 张养浩

峰峦如聚,波涛如怒,山河表里潼关路。望西都,意踌躇。伤心秦汉经行处,宫阙万间都做了土。兴,百姓苦;亡,百姓苦!

张养浩何尝不是个才子型的人呢?

十九岁时,他写出《白云楼赋》,得才名于缙绅之间。

他还有个可爱的爱好——藏石,贮有奇石十,有凤蠹石、蛟龙石、四灵石、碧虚仙人石、殷园石、豸冠石、凝云石、苍云石……每次饮酒必然给奇石上座,呼之为石友。

但他终于因为救灾,先是散尽家财,后又尽心竭力,最后因过分操劳,逝于关中。

然而,张养浩的尽心竭力也始终是回天乏术。

留给这个王朝的时间已经不多了。

公元 1351 年,韩山童、刘福通、郭子兴、徐寿辉、彭莹玉等人揭竿起义，拉开了大元灭亡的序幕。

公元 1356 年，因为战乱，杭州陷于兵火达十年之久。

先是张士德（张士诚弟）攻陷杭州，不久被元兵夺回。七年后张士诚旧部再夺回。三年后朱元璋派常遇春、李文忠再攻打杭州……

在这样的漫天兵火中，汤式眼见昔日的繁华荡然无存。

汤式

［天香引·西湖感旧］　汤式

问西湖昔日如何？朝也笙歌，暮也笙歌。问西湖今日如何？朝也干戈，暮也干戈。昔日也，二十里沽酒楼，春风绮罗；今日个，两三个打鱼船，落日沧波。光景蹉跎，人物消磨。昔日西湖，今日南柯。

汤式是浙江象山人，曾做过小吏，主要作品有《笔花集》，今仍存钞本。他是元末明初的曲家中，现存曲最多、作品题材广泛的一位。

他生在从元入明的时代，眼见了元的衰败、明的兴起。

曲作之外，战火仍在燃烧。

公元 1367 年，朱元璋陆续击败陈友谅、张士诚、方国珍等其他南方起义军和南方大元势力后，开始北伐。

其时，倪瓒避兵泖上。

倪瓒

难以想象一个生有洁癖的人，是如何在这乱世的腌臜里活下来的。

他见不得污秽，寻常如厕是一座铺有鹅毛的空中楼阁；植在院子里的梧桐树每片叶子都要擦洗；有客人举止粗鲁，他会愤怒地打将过去一巴掌……

在这乱世中，他不隐也不仕，别人都不了解他，他却也不想被人了解。

〔折桂令·拟张鸣善〕 倪瓒

草茫茫秦汉陵阙，世代兴亡，却便似月影圆缺。山人家堆案图书，当窗松桂，满地薇蕨。
侯门深何须刺谒？白云自可怡悦。到如今世事难说，天地间不见一个英雄，不见一个豪杰！

倪瓒画画，只画天地，从不画人。
他说，天地间哪有一个英雄，哪有一个豪杰？
是啊，张养浩也曾经说过：兴，百姓苦；亡，百姓苦！

与天地相比，人类的兴亡更替何等渺小？人世间的所谓英雄豪杰，何等虚无模糊？

公元1368年，朱元璋称帝，建立明朝。随后徐达率军攻陷元朝的首都大都。元亡。

元亡后，倪瓒在画上题诗书款，只写甲子纪年，不用洪武纪年。又作《题彦真屋》诗云："只傍清水不染尘"，表示决不做新朝的官。

倪瓒卒于公元1374年。为大元定下国号的刘秉忠卒于公元1274年。

这一百年间，天地已变。

又似乎从未改变……

后 记

这部诗词极简史终于完稿了。

回望来路,似乎十分漫长,几乎不知道要从何说起。那就让我回到最初,絮絮叨叨、杂乱无章地拉杂几句补作后记吧。

喜欢文字这种天性,可能是天生的。就像有些人喜欢颜色,有些人喜欢节奏,没有道理可讲。

一个普通家庭出生、在普通环境里成长的小孩,从小没有人拎着耳朵教背唐诗三百首,阁楼里也没有堆着闲纸故篇,偶尔看到一副纸牌,每张纸牌上写着一句两句"未到江南先一笑,岳阳楼上对君山""过春风十里,尽荠麦青青""寻寻觅觅,冷冷清清,凄凄惨惨戚戚"。五十四张牌,就有五十四个句子。

这些句子太好看。小孩就是这样沉沦了,以后看到一句就抄一句。从报纸里,从小说里,从不知道哪张纸里,从整本的《唐宋词格律》里,陆续抄成几大本。

抄这些,没什么用。

后来我长大了,也就不抄了。

后来,有了互联网。

后记

互联网上曾经活跃过一个很小很小的圈子,据说,海内外加起来,拢共不过几百人。

他们好像一夜之间突然从各地冒出来,嘭地一下,就现身了,让你心里为之一动:找到组织了。

原来大家都喜欢文字。原来那么美妙的句子,还有人写得出来。原来古风要这样写,《金缕曲》要那样写。

这百来号人素不相识,却在悠长的日子里彼此熟识。在开阔无垠、没有樊篱的互联网上,他们写诗,写词,探讨诗词史上的各种细节与得失。

他们中的大部分人,其身份或职业,都与严肃意义上的诗词研究学界完全无关,只是凭着与生俱来对诗词的挚爱,在虚空里维系着这样一个圈子的交流。

于是有了菊斋和许多其他的诗词论坛。在虚空里遥伫十数年。

彼时,在文学范畴中湮没已久、沉寂多时的古诗词,似乎隐隐迎来一丝新生的曙光。这是热血的力量。在最热情的时候,有的人可以一晚上写三十首七律,有的人可以一年结几百、上千首的集子,有些论坛的讨论一晚就可以跟出几百上千帖。

然而这种民间自发的、纯属热血维系的兴趣圈子,其基础纯粹而脆弱。

诗词论坛如春笋般而生,又如潮水般退去。

后来博客来了,微博来了。

再后来微信来了,公众号来了。

曾经鼎沸的诗词论坛渐次沉寂。就像当初渐渐停止抄诗一样,我再一次停止了写诗。

如此放弃有好几年。

在被流行的潮水冲卷到公众号上来的时候,我的兴趣正孜孜不倦地转向一些小趣味上,比如用枇杷叶染布、用竹叶蒸清露、用梅花做暗香汤,等等。

在开过网站、论坛、博客、微博、微信以后,我开了一个公众号,名字和以前所有种种一样,延续着从论坛时代起就不曾变过的"菊斋"。这个新开的公众号的初心,是要给线下同名的菊斋私塾做一个平台,讲述古琴、书画之余,为更多朋友介绍有趣的传统中国式生活。

我给公众号设定了一个传统中国式生活的方向,但它却好像有自己的主意。

2018年6月14号,《唐诗极简史》写完发布在菊斋公号上。

它是"极简史系列"里最早的一篇,也是被传播最广的一篇。

此时我仍在漫不经心地胡乱写其他的题材。

五个月后,《五代词极简史》写完,这是"极简史系列"的第二篇。我想,如果没有外力推我一把,可能一年以后,才会有第三篇,也或者就此止笔。

人有时候是需要一点外力的。

这时候,化学工业出版社的编辑找到我,和我探讨极简史成书的可能性。其时我的《文人画事》恰好完稿了,我时间有余,满以为写这么几章极简史是不成问题的。

但真正下笔的过程比我想象的痛苦。

如果没有交稿的压力,我可能再次放弃。

《两宋词极简史》《六朝诗极简史》《元曲极简史》《乐府极简史》《诗经极简史》就在这样一个字一个字的痛苦打磨里缓慢成形。

痛苦,但是值得。

犹如经历破茧后的美丽蝴蝶,这本《风雅三千年:一诗一词一天下》带着它的初心,以最闪耀的姿态出现在读者眼前。

如今我还在想,如果不是写这部书,我可能永远无法深入领会到那些不同时代的文字的独特气质。

诗经那么美,但诗经里的古早时代,也充满了残酷和无情。

楚辞华美瑰丽,开启中国浪漫主义文学新时代。

汉乐府的天籁,是采自无名歌者的诗谣,有着纯净、天然的美好。

六朝,上承秦汉灿烂,下启隋唐太平,是文人诗开始的年代。

唐诗宏大开阔，尽显盛世恢宏的文化气度。

五代时期战争频仍，连文学创作也掺杂了些许命运的色彩。

北宋，那是文人史上当之无愧的风华绝代，可惜"风流总被雨打风吹去"，只留下无数让人追寻的背影。

南宋啊，所有朝代中最具悲剧色彩的就是南宋，南宋最后那几年的词，何等震撼人心，文天祥以文人担起武夫的责任、陆秀夫背着幼帝跳海殉难、张士杰沉船自决、十万军民蹈海求死，真真"使行人到此，忠愤气填膺"。

南宋结束了，短暂的沉沦里，诗由雅，复转向俗。但元曲再回不到汉乐府那样的纯粹、天然去。

全部写完的时候，我真正如释重负。

但这样的重负，我愿意再来几次。

《风雅三千年：一诗一词一天下》的成书，始于诗经，终于元曲，就是这样一段草蛇灰线的过程。偶然里有宿命的必然，必然里又伏着深浅不定的偶然。

人有时候，不那么了解自己，抑或是自己的兴趣，尤其是——这个兴趣看似无用且与时代格格不入，那又有什么办法呢，还是和自己这些"无用"的兴趣和解，友好地、融洽地相处下去就好。

任淡如

于苏州菊斋